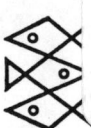

Tibetische Märchen Die reichhaltige Märchenwelt Tibets wird seit gut zweitausend Jahren von zwei großen, jedoch sehr unterschiedlichen Entwicklungsströmen geprägt, einerseits von der autochthonen Naturreligion mit ihrem Schamanentum und Geisterglauben, andererseits von dem aus Indien gekommenen tantrischen Buddhismus. Beide Geisteswelten gingen auf dem »Dach der Welt« eine hochinteressante Synthese ein, die vor allem zur Entstehung unzähliger Tiermärchen beitrug, zumal der Erleuchtete vor seiner Inkarnation als Buddha nach eigener Aussage mehrfach in Tiergestalt auf Erden verkörpert war.

Diese Erzählungen Buddhas heben das Tier in eine mystische Dimension und geben den Tiergestalten des tibetischen Märchens eine ganz neuartige Bedeutung.

Die vorliegende Märchensammlung stellt daher das tibetische Tiermärchen in den Mittelpunkt, bringt aber auch Beispiele aus vorbuddhistischer und aus lamaistischer Zeit, in denen das zeitlose Suchen des Menschen nach Gerechtigkeit, Liebe und Glück einen oft erschütternden Niederschlag gefunden hat.

Der Herausgeber Josef Guter, Märchenforscher und Märchensammler, stammt aus Vöhringen-Iller in Schwaben und wurde 1929 geboren. Er lebt heute in Bremen. Sein Spezialgebiet sind fernöstliche Märchen; diese Länder hat er wiederholt bereist. Er ist außerdem der Herausgeber des Bandes »Chinesische Märchen« im Fischer Taschenbuch Verlag (Bd. 13932).

Tibetische Märchen

Herausgegeben von
Josef Guter

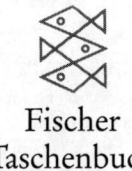

Fischer
Taschenbuch
Verlag

2. Auflage: April 1999

Originalausgabe
Veröffentlicht im Fischer Taschenbuch Verlag GmbH,
Frankfurt am Main, August 1997

© Fischer Taschenbuch Verlag GmbH, Frankfurt am Main 1997
Umschlaggestaltung: Thomas & Thomas Design, Heidesheim
Satz: Fotosatz Otto Gutfreund GmbH, Darmstadt
Druck und Bindung: Clausen & Bosse, Leck
Printed in Germany
ISBN 3-596-13577-X

Inhalt

Der Reiter im grünen Gewand

Vor langer Zeit lebten einmal ein Mann und eine Frau in den Bergen in großer Armut, denn auf dem steinigen Boden konnten sie nur wenig Gerste ernten, und an den kargen Hängen wuchsen nur Bäume mit kleinen Früchten.

Im Alter schwanden nun ihre Kräfte, aber sie mußten ihre Äcker bestellen und das Holz selber sammeln, denn sie hatten keine Kinder. Der Rücken des Mannes war allmählich krumm geworden, denn er mußte immer wieder Frondienste auf den Gütern des Chungpon leisten, der in der ganzen Gegend die Steuern für den König eintrieb. Die Frau des alten Mannes ging auch ganz gebückt, denn sie war von früh bis spät auf den Beinen und rastete nie.

Oft und oft hatte sie zum Gott der Berge um ein Kind gebetet, aber wie sie auch flehte, die Gottheit erhörte sie nicht. Eines Tages aber merkte sie, daß ihr inbrünstiges Klagen an das Ohr des Gottes gedrungen war und sie trotz ihres Alters noch ein Kind erwartete.

Die beiden Alten verlebten ihre Tage nun in spannender Erwartung und konnten es kaum fassen, daß ihr Flehen den Gott der Berge erweicht hatte.

Nachdem sieben Monate vergangen waren, fühlte die Frau, daß ihre Stunde gekommen war. Was sie aber nun gebar, das war kein Menschenkind, nein, es war ein Frosch, ein grünes Fröschlein mit zwei Augen wie zwei Perlen.

Die beiden Alten erschraken zutiefst. Die Frau weinte bitterlich. Sie konnten es beide gar nicht fassen, daß der Gott der Berge ein solches Spiel mit ihnen trieb.

»Welch eine Schande!« rief der Mann und war aufs äußerste erbittert. »Der Frosch muß sofort aus dem Haus, dann wird es wenigstens niemand erfahren!«

Wie die Frau nun aber das Fröschlein anblickte, da bekam sie Mitleid mit ihm. Trotz aller Enttäuschung sagte sie doch zu ihrem Mann: »Ein Frosch will ins Wasser. Bring ihn doch zu dem Tümpel hinter unserem Haus, dort kann er leben und stört uns nicht. Dort quaken ohnehin die Frösche, wenn einer mehr dort quakt, fällt es niemandem auf!«

Der alte Mann hob den Frosch hoch und wollte ihn zu dem Tümpel bringen. Da, was war das? Das kleine Fröschlein fing an mit menschlicher Stimme zu sprechen und sagte: »Liebe Eltern, bitte werft mich nicht ins Wasser, laßt mich bei euch bleiben, denn zu euch gehöre ich!«

Der Mann hätte vor Schreck fast den Frosch auf den Boden fallen lassen, aber er fing sich und setzte den Frosch behutsam auf den Tisch.

»Hast du gehört«, rief der Alte, »der Frosch hat gesprochen. Er hat wahrhaft gesprochen. Weib, hast du so etwas schon gehört?« Die Alte war ebenso fassungslos wie ihr Mann, beide stierten sie das Fröschlein an, als käme es aus einer anderen Welt.

»Liebe Eltern«, ließ sich der Frosch erneut vernehmen, »jetzt bin ich noch klein, aber wenn ich einmal groß bin, dann werde ich euch viel helfen können!«

»Mann«, sagte die Frau, »dies ist kein gewöhnlicher Frosch, wer so redet, hat ein gutes Herz. Wir sollten ihn hierbehalten, wer weiß, was es mit ihm auf sich hat.«

Und so behielten die beiden Alten den Frosch, gewannen ihn lieb und sorgten für ihn, wie für ein Kind. Die Jahre gingen dahin, und die beiden Alten mühten sich wie eh und je.

An seinem dritten Geburtstag sagte der Frosch: »Liebe Eltern, ihr plagt euch ab hier in den Bergen und kommt auf keinen grünen Zweig. Das soll sich ändern. Was ihr braucht, ist eine tüchtige Schwiegertochter, die euch zur Hand gehen kann.

Die beiden Alten sahen den Frosch verständnislos an.

Da sagte der Frosch: »Mütterlein, ich bring dir eine fleißige Schwiegertochter nach Hause, dann brauchst du dich nicht mehr so zu plagen. Der Chungpon hat drei schöne Töchter, und die tüchtigste von den dreien will ich freien. Bitte dünste mir einen großen Mehlkloß, den nehme ich mit auf die Reise, denn es ist weit bis zur Burg des Chungpon.«

»Er macht einen Spaß«, sagte der Mann, »aber er meint es gut mit uns, er möchte uns helfen!«

Und die Frau sagte liebevoll: »Bleibe bei uns, Froschkind, wenn du unter die Menschen gehst, so könnte dir leicht etwas zustoßen!«

Die Frau meinte nämlich, der Frosch wolle nur einen kleinen Ausflug machen.

»Nein, nein, liebe Eltern, das ist kein Spaß, ich werde auf jeden Fall losziehen und ihr werdet sehen, daß ich euch eine tüchtige Schwiegertochter nach Hause bringe!«

Die beiden Alten konnten sich die Rede des Frosches nicht ganz erklären, aber sie erkannten, daß man ihn von der Reise nicht abhalten konnte, die er sich vorgenommen hatte.

Die Alte dünstete einen großen Mehlkloß, packte ihn für den Frosch in einen Schnappsack und sagte: »Wenn du schon gehen willst, dann sei wenigstens vorsichtig. Ich fürchte aber, wenn du mit Menschenstimme zu reden anfängst, dann könnten dich die Leute für einen Kobold halten und mit Asche bestreuen!«

Der Frosch warf sich den Schnappsack mit dem Mehlkloß über den Rücken, beruhigte nochmals seine Mutter und sagte: »Mütterchen, niemand wird es wagen, mich mit Asche zu bestreuen, ich bin vorsichtig und werde nichts beginnen, was euch beiden Sorgen bereiten könnte.«

Mit diesen Worten nahm der Frosch Abschied, hüpfte von Stein zu Stein die Bergpfade hinab und wanderte dem Tal zu. Am Ende des langen Tales lag auf einem Hügel die Burg des Chungpon. Von weitem schon sah man den hohen Turm. Der Frosch hüpfte und marschierte munter voran, und so stand er bereits recht bald vor dem Burgtor.

»Chungpon, mach auf!« rief er mit kräftiger Stimme. Ein Diener schaute aus dem Fenster und sah den Frosch. Als dieser wieder mit lauter Stimme rief: »Chungpon, mach auf!« da rannte der Diener zu seinem Herrn und meldete ihm, daß ein Fröschlein vor dem Burgtor stehe und Einlaß begehre.

Der Gebietsrichter, der neben dem Chungpon saß, meinte mit bedenklicher Miene: »Wenn das ein Frosch ist, der reden kann, dann wird es wohl ein Kobold sein. Wir sollten schleunigst Asche über ihn streuen, dann verschwindet er und richtet keinen Schaden an.«

Der Chungpon war ganz anderer Meinung: »Ein Frosch mit Menschenstimme kann ein guter Geist sein, ein Bote aus dem Palast des Drachenkönigs, denn beide leben im feuchten Element mit vielen anderen Wasserwesen. Dieser Gast ist wohl sonderbar, aber es wird eine besondere Bewandtnis mit ihm haben. Holt Milch und besprengt das Fröschlein mit Milch, das ist die richtige Begrüßung!«

Die Diener gingen und besprengten den Frosch mit Milch zum Zeichen des Willkommens. Der Chungpon war neugierig geworden und kam nun selbst zum Tor.

»Bist du der Bote des Drachenkönigs? Was bringst du mir für eine Nachricht, ich hoffe eine recht gute!« sprach der mächtige Chungpon.

»Nein, mich schickt nicht der Drachenkönig. Ich bin selbst gekommen, aus eigenem Willen und Entschluß«, sagte das Fröschlein.

»Und was ist dein Begehr?«

»Mächtiger Chungpon, Ihr habt drei Töchter in Eurem Hause. Eine davon will ich freien. Gebt mir eine von den dreien! Ich verspreche Euch, ich werde sie gut halten und Euch ein treuer Schwiegersohn sein!« So sprach der Frosch.

Da verschlug es allen die Sprache, denn hinter dem Chungpon waren der Vogt und alle Diener inzwischen zum Tor gekommen.

Der Chungpon, der bisher zu dem Frosch ganz freundlich gewesen war, fuhr zornig auf und sagte: »Was, ein Frosch will eine meiner Töchter freien, das ist ja unglaublich! Hier am Burgtor ist schon mancher Freier abgewiesen worden, darunter reiche Edelleute, und nun kommt ein nackter Frosch daher und will mein Schwiegersohn werden. Das ist ja wohl ein schlechter Scherz!«

»Meine Bitte gewährst du mir also nicht? Das ist ja zum Lachen.«

»Dann lach doch!« rief der Chungpon, »wenn es dir zum Lachen ist!«

Da öffnete der Frosch sein breites Maul und fing an zu lachen. Zuerst war es ein breites, ein volles Lachen, dann schwoll es an, wurde ohrenbetäubend und markerschütternd, daß der Erdboden erbebte. Die Mauern bekamen Risse, der Burgturm wankte, so lachte der Frosch.

Und als er sich nur ein wenig zur Seite drehte und ins Tal hinuntersah, dabei aber dieses fürchterliche Lachen nicht unterbrach, da erhob sich ein Sandsturm in der Landschaft, Steine hagelten auf das Dach der Burg und die Sonne ward ganz verfinstert. In heilloser Angst rannten der Chungpon, der Vogt und die Diener ins Innere der Burg und suchten sich dort in Sicherheit zu bringen. Da wankten die Wände, Gesims brach ab, die Decke bröckelte und drohte, den hilflos umherstolpernden Leuten auf den Kopf zu fallen. Wer es konnte, der griff sich einen

Eimer, einen Kochkessel oder eine Pfanne und stülpte sich diese als Schutz über den Kopf.

Der Chungpon dachte, das letzte Stündlein habe für ihn schon geschlagen, aber er riß in letzter Verzweiflung das Fenster auf und rief hinaus: »Frosch, hör auf zu lachen! Schnell, hör auf! Meine älteste Tochter sollst du haben, aber hör auf!«

Augenblicklich hörte der Frosch zu lachen auf. Das Beben ebbte ab, der Sandsturm legte sich, die Risse in den Mauern schlossen sich wieder, und der Turm stand wieder gerade. Die Finsternis war verflogen, und die Sonne schien wieder über dem Tal, als wäre nichts gewesen.

Alle, die in der Burg lebten, waren zitternd unter die Tische gekrochen, allen saß der Schreck in den Gliedern, am meisten dem Chungpon selbst.

Ohne sich lange mit seiner Frau zu beraten, rief er eilends seine älteste Tochter herbei und vermählte sie in größter Hast mit dem Frosch. Und ehe sich das Mädchen versah, war es die Frau eines grünen Frosches geworden. Ohne Verzug wurde die Mitgift zusammengerafft, auf ein Packpferd geladen, dann eine Stute für die Braut gesattelt, und ohne viele Worte wurden die beiden verabschiedet.

Als die älteste Tochter gehört hatte, daß sie mit einem Frosch verheiratet werden und sofort mit ihm gehen sollte, da griff sie sich im Hof schnell den Drehstein der Handmühle und versteckte ihn unter ihrem Gewand.

Gegen ihren Vater hatte sie sich nicht wehren können, und sie wußte ja, daß er dies nie getan hätte, wenn nicht dieses fürchterliche Lachen ihn dazu gezwungen hätte, aber einen Frosch, nein, den wollte sie in keinem Falle zum Manne haben.

Der Frosch hüpfte der Stute mit der Braut und dem Packpferd fröhlich voran, schritt dabei aber so kräftig aus, daß ihm die beiden Pferde mit ihrer kostbaren Fracht kaum folgen konnten.

Die Braut hielt die Zügel der Stute straff in ihren Händen. Sie dachte, mit einem Huftritt mache ich ihm den Garaus. Mit einem Mal ritt sie so schnell und dicht an den Frosch heran, daß er von den Hufen der Stute zertreten werden mußte, aber der kleine Bräutigam sprang schnell zur Seite und war schon wieder ein gutes Stück dem kleinen Zug voraus.

So zogen sie ein Weilchen schweigend weiter. Als das Mädchen nun den Frosch so arglos vor ihr herhüpfen sah, holte sie den Drehstein unter ihrem Kleid hervor und warf ihn mit gehörigem Schwung dem Frosch an den Kopf.

Schnell schwenkte das Mädchen die Stute herum, nahm auch das Packpferd am Zügel und galoppierte nach Hause.

»Halt, halt, nicht so schnell, Tochter des Chungpon. Wo willst du hin?«

Und da lief auch schon der Frosch heil und unversehrt hinter ihr her und war ihr schon wieder dicht auf den Fersen. Die älteste Tochter des Chungpon bekam es nun mit der Angst. War dieser Frosch ein Dämon? Sie hielt das Pferd an. Was sie nicht ahnen konnte: Der Frosch war durch das Loch des Drehsteins hindurchgehüpft, als der Stein geflogen kam.

Der Frosch blickte das Mädchen traurig aus seinen Perlenaugen an und sagte: »Dich zieht es nach Hause. Ich sehe, wir sind nicht füreinander bestimmt. Ich werde dich zurückbringen!«

Und mit diesen Worten schritt der Frosch wieder voran, aber diesmal dorthin, woher sie eben gekommen waren.

In der Burg hatte es den Chungpon schon längst gereut, daß er so schnell seine älteste Tochter dem Frosch anvermählt hatte. Als er nun sah, daß die Tochter wieder durchs Burgtor ritt, glaubte er, sie sei ihrem Bräutigam glücklich entkommen, aber er wurde gleich eines Besseren belehrt, denn der Frosch hüpfte mit in den Hof herein.

»Chungpon«, sprach der Frosch, »diese Tochter bringe ich Euch wieder zurück, sie ist nicht für mich vom Gott der Berge vorgesehen. Gebt mir eine andere zur Frau!«

»Was fällt dir ein, du Schreihals!« schrie da der Chungpon den Frosch an, »erst nimmst du mir meine älteste Tochter weg und jetzt fällt dir ein, noch eine von den beiden andern zu fordern. Du bist wohl von Sinnen!«

»Heißt das, Ihr wollt meinen Wunsch nicht erfüllen?«

»Niemals, nie!« schrie der Chungpon.

»Nun, dann werde ich aber weinen!«

Der Chungpon dachte, das Lachen war schlimm. Das Weinen ist aber das Gegenteil von Lachen, also kann dies wohl nicht gefährlich sein. Und so sagte er, noch bebend vor Wut, zu dem Frosch: »Dann weine doch, wenn dir danach zumute ist, weine nur immerzu, eine Braut wirst du von mir nicht mehr bekommen!«

Da schluchzte der Frosch auch schon auf und fing zu weinen an. Zuerst war es ein Weinen wie von Kindern, dann schwoll es an und wurde zum Heulen, dann, als die ersten Tränen aus den Perlenaugen des Frosches tropften, da fing es an zu regnen, zu gießen, aus einem kräftigen Schauer wurde ein Wolkenbruch. Der Himmel verfinsterte sich. Niemals hatte man solche Gewitterwolken über dem Tal gesehen. Blitze zerrissen die Finsternis, ein Donnerschlag krachte nach dem anderen, und aus den Bergen brachen sich Sturzbäche ihre Bahn und überschwemmten das ganze Tal. Die Bäche schwollen an zu Strömen. Je mehr der Frosch weinte, desto höher stiegen die Fluten.

Bald schlugen Wellen an den Mauern der Burg empor, wie die Brandung eines riesigen Meeres hörte es sich an, was da alles heranbrauste an salzigen Wassern.

Der Chungpon war mit den Seinen und mit der ganzen Dienerschaft in den Burgfried geflüchtet, aber er sah schon die Wasser den Innenhof der Burg überfluten, und das Wasser stieg weiter. Verzweifelt brüllte der Chungpon gegen das Tosen des Windes und gegen das Brausen der Wogen an und rief zu dem Frosch hinunter: »Hör auf, Frosch, hör auf! Es ist genug! Du erhältst meine zweitälteste Tochter zur Frau!«

Der Frosch hörte auf zu weinen. Da legten sich die Winde, die Wasser liefen ab, die Sturzbäche wurden zu kleinen Rinnsalen, und das ganze Tal lag bald wieder so da, wie es immer gewesen war.

Der Chungpon konnte nicht anders, er mußte seine zweitälteste Tochter rufen und sie schleunigst dem Frosch als Braut zuführen.

Die Mitgift lud man wieder auf ein Packpferd, die zweite Tochter bestieg eine für sie ausgesuchte Stute, und Braut und Bräutigam zogen von dannen.

»Nur schnell weg mit dem Frosch«, dachte der Chungpon, »bevor er erneut zu weinen anfängt!«

Die Zweitälteste konnte sich überhaupt nicht an den Gedanken gewöhnen, einen Frosch nun zum Mann zu haben. Als sie aufs Pferd stieg, hatte sie den zweiten kleinen Mühlstein im Hofe gesehen. Schnell hatte sie ihn aufgehoben und unter ihrem Gewand versteckt. Auf dem weiten Weg zum Hause des Bräutigams versuchte auch die Zweitälteste, den Frosch durch die Hufe ihres Pferdes zertrampeln zu lassen.

Und als sie damit keinen Erfolg hatte, warf sie in einem günstigen Augenblick den Mühlstein nach dem Frosch. Völlig überzeugt davon, daß er tot sei, riß sie die beiden Pferde herum und galoppierte nach Hause.

Es dauerte aber gar nicht lange, da hörte sie hinter sich das Fröschlein rufen: »Halt ein, wohin reitest du, halt ein!«

Sie war völlig verwirrt und hielt ihr Pferd an. Da trat der Frosch vor sie hin und sagte: »Dich zieht es nach Hause. Ich sehe schon, wir beide sind nicht füreinander bestimmt. Ich werde dich wieder zu deinem Vater bringen!«

Ohne zu zögern ergriff der Frosch den Zaum ihres Pferdes

und geleitete sie nach Hause. Bei der Burg angekommen, grüßte der Frosch den Chungpon freundlich und sagte, die Zweitälteste sei auch nicht die richtige Frau für ihn, er bitte daher um die Hand der Jüngsten.

Da geriet der Chungpon außer sich vor Zorn. Er drehte sich mehrmals um sich selbst, lief hochrot an im Kopf und schrie: »Dieser Quakhals aus einem Tümpel wagt es, mir so etwas zu bieten! Holt sich zuerst meine älteste Tochter, bringt sie zurück, entführt mir die Zweitälteste, kommt wieder hier an mit ihr und will nun die Jüngste! Wer im ganzen Land hat so eine Schmach schon erlebt? Edelleute habe ich als Freier abgewiesen, und nun kommt dieser grüne Kerl aus einem Wasserloch und hält mich zum Narren!«

Bei allem Zorn wagte der Chungpon aber dennoch nicht, die Hand gegen den Frosch zu erheben.

»Was wollt Ihr denn eigentlich«, sagte der Frosch, »die Älteste wollte zu Euch zurück und auch die Zweitälteste wollte nicht mit mir gehen. Beide Töchter habt Ihr wieder zu Hause. Nun gebt mir schon Eure Jüngste, dann ist alles gut, Ihr seid dann mein Schwiegervater und ich Euer Schwiegersohn!«

»Was fällt dir ein! Dieser Frosch will jetzt auch noch die Jüngste haben! Nie und nimmer! Jetzt ist Schluß mit allem!«

Darauf entgegnete der Frosch ganz ruhig und gelassen: »Ihr gebt mir die Jüngste nicht? Gut, dann will ich hier ein wenig springen, daß du siehst, wie gut dein zukünftiger Schwiegersohn springen kann!«

»Mein Schwiegersohn!« schrie da der Chungpon, »das könnte dir so passen! Spring nur, wen kümmert's? Dein Gehüpfe, das kennen wir schon!«

Da fing der Frosch zu hüpfen an. Erst sprang er nur eine Elle hoch, da begann schon die Erde zu zittern. Dann sprang er bis zur Nase des Chungpon hoch und löste damit ein Erdbeben aus, wie man es noch nie erlebt und gehört hatte. Steine flogen hoch in die Luft, in der Ferne sah man die Berge wanken und in sich zusammenstürzen, die Burg erzitterte in ihren Grundfesten und drohte jeden Augenblick einzustürzen.

Der Chungpon war bereits unter einem Haufen voller Steine und Schutt begraben worden, aber sein Kopf schaute noch aus den Trümmern heraus, er lebte noch und rief in Todesangst: »Nimm sie dir, nimm die Jüngste, aber halt still!«

Das Fröschlein hörte auf zu springen. Die Burg stand wieder still, die Erde beruhigte sich, die Berge wankten nicht mehr, alle Risse in den Wänden verschwanden, und das Tal lag wieder so ruhig und still im Sonnenschein, als wäre nie etwas gewesen.

Nun war der Chungpon am Ende. Völlig niedergeschlagen mußte er seine Jüngste dem Frosch überlassen. Schleunigst wurde das Mädchen geholt, dem Frosch anvermählt, auf eine Stute gesetzt und die Mitgift auf ein Packpferd geladen.

Als die Jüngste aus dem Tore ritt, tröstete sich der Chungpon bei dem Gedanken, daß sie alsbald wohl wieder mit ihrem Pferd und all ihren Sachen erscheinen würde, genauso wie die Älteste und die Zweitälteste. Wer wollte schon einen Bräutigam aus einem Wasserloch! So dachte es sich der Chungpon. Die jüngste Tochter war aber von einem ganz anderen Wesen als ihre beiden Schwestern, sie war schön und liebreizend wie sie, aber sie war auch herzensgut und von reiner Sinnesart, wie man nicht gleich jemanden unter den Menschen findet.

Als sie dem Fröschlein angetraut wurde, dachte sie bei sich: »Was ist dies doch für ein hübscher grüner Kerl!« Und da sie seine Zauberkräfte wohl erkannt hatte, war sie bereits sehr gespannt, was nun weiter geschehen würde.

Und so zog nun die kleine Karawane frohgemut zum Tor

hinaus. Auf dem Weg zum Haus der beiden Alten lachte dem Frosch das Herz im Leibe, denn er hatte längst gemerkt, daß die jüngste Tochter ganz willig mit ihm kam.

»Mütterchen und Väterchen werden sich über ihre Schwiegertochter aber freuen«, dachte er bei sich und schritt den beiden Pferden munter voran.

Als der Frosch mit seiner Braut nun im Tal durch die Dörfer zog, blickten die Leute ihm erstaunt nach und waren fassungslos darüber, daß ein Frosch so eine schöne Braut hatte gewinnen können. Zu Hause angekommen, saßen die beiden Alten zuerst völlig sprachlos da und schauten nur immer wieder das Mädchen an.

»Das ist nun eure Schwiegertochter«, sagte stolz das Fröschlein und ließ vor Freude seine Beine von der Fensterbank baumeln, auf die er gehüpft war.

Die beiden Alten gewannen das Mädchen bald von Herzen lieb. Flink und emsig ging die junge Frau jeden Tag an die Arbeit, und die beiden Alten hatten eine so gute Schwiegertochter, wie sie es sich gar nicht besser wünschen konnten.

In dem kleinen Häuschen war Frohsinn eingekehrt. Durch den Fleiß der Schwiegertochter konnten sie viel aussäen und auch viel ernten und litten keine Not. So ging der Sommer schnell dahin, und das Herbstfest nahte heran.

Dieses Fest dauerte sieben Tage, man brachte dem Gott der Berge Rauchopfer dar, man tanzte zum Klang der Pauken und Schellen, man aß und trank, und man hielt ein großes Pferderennen ab. An diesen Tagen trafen sich die Leute aus der ganzen Gegend, und die jungen Burschen suchten sich bei den Tänzen ihre Bräute aus.

Aus nah und fern kamen die Leute mit ihren Pferden und Packeseln, denn man schlug die Jurten auf, so daß alle Leute gemeinsam das siebentägige Fest erleben konnten.

Die beiden Alten wollten sich das Fest auch nicht entgehen lassen und baten ihre Schwiegertochter, einen großen

Beutel voller Klöße zu dünsten, daß sie alle eine gute Wegzehrung hätten. Die junge Frau freute sich gleichfalls auf die willkommene Abwechslung.

Als es nun zum Aufbruch ging, wollte aber das Fröschlein nicht mitkommen.

»Ich hüte lieber das Haus«, sagte der Frosch, »die Reise ist mir zu anstrengend. Meine Beine sind kurz, und der Weg ist so weit. Macht euch ein paar schöne Tage. Ich bleibe hier!«

Wie sie den Frosch auch drängten, er blieb zu Hause und kam nicht mit. Am Festplatz angekommen, wurden die beiden Alten und ihre schöne Schwiegertochter achtungsvoll begrüßt. Man erzählte sich viel und war guter Dinge.

An den letzten drei Festtagen fand das Wettrennen statt. Alle Leute verfolgten gespannt das Rennen und ließen jedesmal den Sieger mit anerkennenden Rufen hochleben. Hatte einer der jungen Männer das Rennen gewonnen, so wurde er von Mädchen umringt, die jubelnd um ihn tanzten und ihn als Ehrengast in die Jurten ihrer Eltern führten.

Dort wurde dann dem Sieger Gerstenbier gereicht, das die Leute zu Hause gebraut und eigens zu diesem Fest mitgebracht hatten. Der wichtigste Tag war immer der letzte bei diesem Fest.

Nun traten die Sieger der beiden vorangegangenen Tage gegeneinander an, aber wer es sich zutraute, der konnte an diesem entscheidenden und letzten Rennen auch noch teilnehmen.

Wie nun alle Reiter sich zum Start allmählich versammelten, teilte sich die Menge am Eingang des Festplatzes und gab eine Gasse frei: Ein bewunderndes Gemurmel war zu hören.

Auf einem edlen schwarzen Roß kam ein unbekannter Jüngling geritten, der von vornehmer Herkunft sein mußte, denn sein Gewand war von feinster grüner Seide, seine Stiefel von seltenstem Leder. Das Zaumzeug des Rappen war mit goldenem Zierat besetzt, der Sattel mit Silber beschlagen, und an seiner Flinte konnte man Einlagen aus Korallen bewundern.

Die Augen des Reiters blickten hell und erwartungsvoll in die Menge, alle bewunderten den herrlichen Reiter, der durch sein freundliches Antlitz sofort alle für sich einnahm. Als er sehr höflich darum bat, an dem Rennen teilnehmen zu dürfen, wurde ihm dies sofort mit Freuden gewährt.

Er begab sich zum Startplatz. Zum größten Erstaunen der Zuschauer aber sprengte er nicht gleich los, als der Startschuß gegeben wurde, sondern rückte erst einmal seinen Sattel zurecht. Die anderen Reiter waren sofort losgesprengt und ritten in höchstem Galopp auf das Ziel zu. Tief beugten sie sich über die Mähnen ihrer Pferde und trieben sie mit ihren Peitschen zu höchster Geschwindigkeit an.

Der Reiter im grünen Gewand hatte sich inzwischen auch in den Sattel geschwungen und galoppierte nun los. Als er über dem Festplatz einen Adler kreisen sah, lud er seine Flinte und holte ihn, aus dem Sattel zielend, mit einem Schuß vom Himmel. Wohl ritt er immer noch hinter den andern her, aber er schoß gleich danach noch einen Falken und einen kleineren Adler. Kaum krachte die Büchse, da stürzten die Raubvögel auch schon zu Tode getroffen zur Erde.

Nun ritt er kräftiger aus, überholte die anderen Reiter, beugte sich aber während des rasenden Ritts aus dem Sattel, riß mehrere Glockenblumen am Rande der Rennbahn aus, pflückte noch einige Chrysanthemen und streute sie lachend in die jubelnde Menge.

Behend saß er schnell wieder im Sattel, trieb seinen Rappen an und jagte nun wie ein Pfeil dahin. Die Hufschläge seines Pferdes hörten sich wie Trommelwirbel an, zuletzt konnte man den Reiter überhaupt nicht mehr sehen, denn eine graugelbe Staubwolke, die hinter ihm aufwirbelte, verdeckte ihn ganz.

Weit vor allen anderen ging der fremde Reiter durchs Ziel. Die Zuschauer standen mehrere Augenblicke ganz benommen still, so etwas hatte noch niemand gehört und noch niemand gesehen. Als sich alle Leute selbst wieder gefangen hatten, brauste ein gewaltiger Jubel auf. Der Festplatz hallte wider von anerkennenden Rufen.

Und jung und alt fragte sich, wer dieser Jüngling sei und woher er komme. Aber selbst die alten Lamas, die aus ihren Tempeln zu diesem Fest gekommen waren, wußten auf diese Fragen keine Antwort.

»Hast du gesehen, wie er die Blumen pflückte?« rief eine Frau einer Bekannten zu und hielt eine Glockenblume hoch, die ihr der Jüngling zugeworfen hatte.

»Und wie er die Adler schoß!« rief voller Bewunderung ein bekannter Jäger.

»Und auch noch den Falken!« rief ein anderer und konnte sich vor Verwunderung kaum beruhigen. Durch die Reihen der Mädchen ging ein Raunen und Wispern: »Wie schön er ist!«

»Und dieser Wuchs, diese Gestalt!«

»Wer hat je so einen prächtigen Reiter gesehen?«

»Ob er wohl schon eine Braut hat?«

Die Mädchen waren in ihrer Begeisterung kaum zu halten, sie umringten den fremden Reiter, tanzten um ihn herum, und jede wollte ihn zu ihren Eltern in die Jurte ziehen.

Das Gerstenbier floß in Strömen.

Als nun am Abend die große Ehrung für den Sieger stattfinden sollte, war von dem fremden Reiter nichts mehr zu sehen. Eilends war dieser nämlich auf sein Roß gestiegen und durchs Tal davongeritten, ohne ein Wort des Abschieds und ohne seinen Siegerpreis in Empfang zu nehmen.

»Da!« rief ein junger Mann und zeigte auf eine Staubwolke, die in der Ferne noch sichtbar war und die kleiner und kleiner wurde, bis sie ganz im Schein der Abendsonne verschwand.

Die beiden Alten und ihre Schwiegertochter rätselten genauso herum wie alle anderen, warum denn der fremde Jüngling so schnell davongeeilt sei.

Schließlich meinte die junge Frau, er werde wohl weit entfernt wohnen und habe plötzlich gemerkt, daß es schon Abend geworden war.

Der Reiter ging auch ihr nicht mehr aus dem Kopf, sie mußte sich eingestehen, daß solch ein edler junger Mann ihr Herz wohl verwirren könnte. Dann aber sagte sie sich, sie sei schließlich mit dem Frosch verheiratet, und alles andere sei ohnehin nur ein Traum.

Die beiden Alten und sie selbst machten sich auch auf den Heimweg und sahen schon von weitem, daß das Fröschlein wohlgemut ihnen entgegenhüpfte, als sie in die Nähe ihres Häuschens kamen. Begeistert erzählten sie von dem Fest, von den vielen Leuten, dem schmackhaften Gerstenbier und vor allem von dem Pferderennen und berichteten ganz ausführlich von den Kunststücken des jungen Reiters.

»Und da schoß er aus dem Sattel einen Adler!« rief die junge Frau.

»Und hinterher noch einen kleineren und einen Falken!« sagte der Frosch, und alle drei waren erstaunt, woher er diese Dinge schon in so kurzer Zeit erfahren haben könnte.

Die Monate eilten dahin, das Rad des Jahres drehte sich schnell, und wieder rückte das Herbstfest heran. Alle Leute freuten sich schon auf dieses Ereignis, brauten Gerstenbier und dünsteten Klöße, um eine gute Wegzehr zu haben.

Die beiden Alten und die Schwiegertochter brachen sehr

rechtzeitig auf, denn sie mußten zu Fuß gehen, während viele andere sie auf schnellen Pferden immer wieder überholten.

Alles war gespannt, ob diesmal der Reiter in seinem grünen Gewand auch wieder zum Fest erscheinen würde.

»Wenn er diesmal kommt, müssen wir ihn auf jeden Fall genau befragen, woher er komme und wo er zu Hause sei«, sagten die Leute zueinander.

In den ersten sechs Tagen ließ sich kein fremder Reiter blicken, aber am letzten Tag des Festes, als alle Teilnehmer des Wettkampfes schon zum Start für das letzte Rennen sich versammelten, siehe, da sprengte mit einem Male ein Rappe daher, und auf ihm saß der fremde Jüngling.

Den Leuten war es, als wäre er noch herrlicher gekleidet als letztes Jahr, die Seide seines Gewandes schimmerte grün und türkisfarben und sein Pferd war mit silbernen und goldenen Borten am Geschirr und Sattel allüberall verziert.

Ein bewunderndes Gemurmel ging durch die Menge, jeder wollte den Jüngling aus der Nähe sehen.

Das Rennen begann, und alle warteten gespannt, wann sich der Fremde endlich in den Sattel schwingen würde, denn dieser war vom Pferd gestiegen, hatte sich ins Gras gesetzt und trank erst einmal eine Schale Tee, die man ihm zum Willkommen gereicht hatte.

Endlich erhob er sich und schwang sich aufs Pferd und ritt in die Richtung, in der die anderen schon längst davongestoben waren. Wieder schoß er aus dem Sattel drei Vögel aus der Luft, wieder pflückte er Blumen und streute sie in die Menge, ließ sich aber dabei so viel Zeit, daß keiner der Zuschauer zuletzt mehr an seinen Sieg glauben wollte.

Da erhob er sich stolz im Sattel, sah seine Mitbewerber weit vorn auf der Bahn den Staub aufwirbeln und sprengte los. Es war, als wäre ein Gott auf die Erde heruntergekommen und in den Sattel gestiegen. Der fremde Reiter jagte seinen Kampfgegnern nach, kam ihnen immer näher, holte sie ein, grüßte sie winkend und preschte an ihnen vorbei: Weit vor ihnen ging er durchs Ziel. Da erhob sich ein vieltausendstimmiger Jubelschrei. Begeistert umtanzten die Mädchen den Sieger, man sang Preislieder zu seinen Ehren, man zog ihn lachend und scherzend von Zelt zu Zelt, und überall boten die Mädchen ihm den Krug mit dem Gerstenbier, das in Strömen floß.

Gegen Abend rüsteten sich alle zur Siegesfeier, aber ehe sich die Leute so richtig umsahen, war der Jüngling auf sein Pferd gesprungen und war ohne Abschiedsgruß davongejagt.

Da waren alle Leute erstaunt und enttäuscht und sich selber böse, weil sie den Fremden nicht rechtzeitig nach seinem Namen gefragt hatten. Man machte sogar den heiligen Männern, den Lamas, versteckte Vorwürfe, weil man von ihnen auch nicht das Geringste über diesen Reiter in Erfahrung bringen konnte.

Als nun die beiden Alten und die Schwiegertochter wieder in ihrem kleinen Häuschen ankamen, wußte der Frosch schon über alles Bescheid, auch darüber, daß der grüne Reiter vor dem Rennen diesmal noch Tee getrunken hatte.

Die beiden Alten verwunderte es zwar auch, aber sie sagten sich, dieser Frosch sei nun einmal ein besonderer Frosch, der manches eben vorherwissen könne – aber die junge Frau war nun doch stutzig geworden. War der Reiter nicht jedesmal in die Richtung davongeritten, die auch sie und die beiden Alten stets bei ihrem Rückweg einschlagen mußten?

Warum war der Frosch nie mitgegangen zum Fest? Warum brach der grüne Reiter vom Festplatz jedesmal so früh auf? Warum wußte der Frosch über alles Bescheid? War nicht das seidene grüne Gewand des Reiters von solch einer Farbe, wie es manchmal die Haut des Frosches war, wenn es geregnet hatte und dann die Sonne daraufschien?

Heimliche Ahnungen beschlichen das Herz der jungen Frau, aber sie sagte nichts und wollte beim nächsten Herbstfest dann die Dinge weiter erkunden.

Und wieder wurde es Herbst. Der Gott der Berge forderte seine Rauchopfer, das große Fest wurde vorbereitet.

Die rüstigen beiden Alten machten sich mit der Schwiegertochter auf den Weg. Das Fröschlein blieb zu Hause, es sagte, es wolle in dieser Zeit wichtige Arbeiten erledigen.

Die ersten beiden Tage gingen auf dem Festplatz mit vielem Erzählen hin, am dritten fanden die schönen Tänze statt, am vierten wurden die Rauchopfer dargebracht, am fünften Tag trugen die Sänger ihre Lieder und die Musikanten ihre Melodien vor, am sechsten Tag wurden die ersten Wettkämpfe zu Pferde ausgetragen, und alle waren sie schon gespannt auf den siebten Tag, der den Höhepunkt des Festes bringen sollte.

Am frühen Vormittag des letzten Tages aber sagte die junge Frau zu ihren Schwiegereltern, ihr sei recht übel, ihr Kopf sei schwer und der Schwindel, der sie immer wieder befalle, lasse bei ihr keine Freude mehr an dem Fest aufkommen.

»Laßt mich daher heimreiten! Ihr könnt ja bleiben und mir dann später von allem berichten!«

Bei diesen Worten legte die junge Frau ihre Hand an die Stirn und gab vor, Kopfschmerzen zu haben.

Zum Glück konnten die drei in diesem Jahr ein Mauleselchen mitnehmen, so daß die junge Frau nicht zu Fuß zu gehen brauchte. Die beiden Alten hätten es gerne gesehen, wenn ihre Schwiegertochter bis zum Ende des Festes bei ihnen geblieben wäre, aber sie sahen ein, daß sie in ihrem Zustand keinen Lärm und keinen Trubel gebrauchen konnte.

So trabte sie denn auf ihrem Eselchen ganz gemächlich zum Festplatz hinaus. Kaum war sie aber außer Sichtweite, so gab sie dem Esel die Peitsche und trieb ihn zu höchster Eile an.

Vorsichtigerweise wählte sie nicht den üblichen Weg nach Hause, der auch der schnellste war, sondern sie wählte einen Umweg, der weit mehr Zeit beanspruchte und das Häuschen von der entgegengesetzten Seite erreichte. Vorsichtig spähte sie aus einem Versteck zu dem Häuschen hinüber, das ihr in den letzten drei Jahren so lieb geworden war. Nichts rührte sich bei dem Haus, alles lag still in der warmen Herbstsonne eines frühen Nachmittags.

Da trat sie in den Hof und sah, daß das Fröschchen alles schön aufgeräumt hatte, selbst aber wohl auch weggegangen war.

Da, was war das?

Über der Feuerstelle hing ein Froschbalg, grün und türkisfarben wie der ihres Gemahls, von der gleichen Größe und Form, wie sie das Fröschchen hatte. Schnell nahm sie den Froschbalg von der Leine, besah ihn sich genau, wendete ihn hin und her: Da war kein Zweifel möglich, es war die Haut ihres Froschgemahls.

Vor Freude taumelnd sank sie auf einen Stuhl: »Dann ist er auch der Reiter im grünen Gewand, dann ist er der Sieger beim Rennen auf dem schwarzen Roß, dann bin ich seine Frau!«

Sie hätte in Jubel ausbrechen können, aber da mischte sich gleich die größte Trauer in diesen Triumph:

»Und warum zeigte er sich mir nur in Froschgestalt, warum kommt er nicht einmal zu mir als der junge Mann, der die Herzen aller anderen Mädchen entflammt? Warum gibt er sich mir nicht ein einziges Mal zu erkennen?«

So klagte sie und jammerte sie, nahm plötzlich die Froschhaut und rannte mit ihr zur Feuerstelle zurück.

»Wenn ich diesen Balg jetzt verbrenne, dann kann er nicht mehr in diese alte Froschhaut schlüpfen, dann muß er als

Mann bei mir bleiben, als mein Geliebter, als mein Gemahl!«

Dies dachte die jüngste Tochter des Chungpon und warf die Froschhaut ins Feuer.

In diesem Augenblick wurden schnelle, wirbelnde Hufschläge hörbar. Der Reiter im grünen Gewand sprengte in den Hof, sprang mit einem Satz vom Pferd, sah, was geschehen war und langte mit bloßer Hand ins Feuer, um den schon lichterloh brennenden Balg herauszureißen.

Es war zu spät. Die Froschhaut ging in Flammen auf. Der Jüngling war kraftlos am Herd zusammengesunken. Er war sterbensbleich. »Warum hast du das getan?« Diese Frage nur kam von seinen Lippen.

Da brach es aus der jungen Frau hervor wie ein lange angestauter Strom, und sie ließ nun ihre Klage hören: »Ich tat es, ja, es ist wahr! Ach, mein Liebster, warum strafst du mich so? Seit unserer Heirat vor drei Jahren zeigst du dich mir nun in der Gestalt eines Frosches. Den andern zeigst du dich als herrlicher Reiter und verwirrst die Sinne der Mädchen! Ich konnte es nicht mehr mitansehen! Ich möchte dich endlich zum Manne haben!«

Der Jüngling blickte auf zu seiner Frau und sagte: »Nun haben alle Verwandlungen ein Ende, der Zauber weicht. Das Glück, das ich in der Zukunft für uns alle schaffen wollte, ist verwirkt!«

Da erschrak die junge Frau zutiefst und sagte: »Gibt es noch ein größeres Glück als unsere Liebe?«

»Aber«, sagte der Jüngling, »da nun aller Zauber geschwunden ist, kann ich nur ein Mensch sein ohne jede Magie und Wunderkraft und ohne die Macht der Verwandlung. Arm und bescheiden werden wir sein!«

Da umarmte ihn die junge Frau und sagte unter Freudentränen: »Der größte Zauber ist die Liebe, und ich will gar nichts anderes, als daß du ein Mensch bist und bleibst, Armut zählt nicht. Die Liebe ist der Reichtum.«

»Nun ist das Wort gesprochen«, sagte der Jüngling, »ich war von Dämonen in die Froschhaut verbannt, zwar ausgestattet mit übermenschlichen Kräften, aber ohne die Aussicht, wieder ein Mensch sein zu können. Die selbstlose Liebe eines Mädchens allein konnte mich erlösen, und du hast es getan! Jetzt bin ich wieder ein Mensch!«

Und die beiden wurden ein Paar und lebten lange Zeit in Glück und in Freuden.

Die Belohnung

In Tibet lebte einmal ein König, der für sein Leben gern Fisch aß. Bei jeder seiner Mahlzeiten war wenigstens ein Fischgericht dabei, und ohne Fisch nahm er keinen Reis zu sich. Eines Jahres blieb der Regen in Tibet aus, eine gewaltige Trockenheit lähmte das Land. Die Flüsse führten kein Wasser mehr, und so verschwanden auch die Fische. Sie alle fielen dieser schrecklichen Dürre zum Opfer.

Der König wurde immer mißmutiger, und ihm wollte keine Speise mehr munden. Im ganzen Land wurde bekanntgegeben, daß eine reiche Belohnung den erwarte, der Fische zum Palast bringen könne.

Von weither reiste schließlich ein Bauer an, der einen großen Fisch gefangen hatte und ihn dem König anbieten wollte.

Die Schloßwache stand mit dem großen Spieß vor dem Tor. »Halt, wer da? Wohin?«

»Ein Bauersmann. Ich will zum König.«

»Was ist dein Begehr?«

»Ja, ich habe ein Geschenk für den König in meinem Sack, einen großen Fisch.«

Der Wachtposten, der ein gieriger und habsüchtiger Geselle war, dachte an die große Belohnung und sagte: »Gut, Bauer, laß den Fisch hier. Ich gebe ihn für dich ab.«

»Nein, nein, ich mache das schon selbst, ich habe eine weite Reise hinter mir und will nicht einfach am Tor abgefertigt werden.«

»Willst du den Fisch nicht verkaufen? Ich bezahle ihn dir sehr gut!«

»Nein, nein, ich verkaufe ihn niemandem. Ich will diesen Fisch persönlich dem König als Geschenk übergeben.«

Der Wachtposten merkte, daß der Bauer nicht zu überreden und zu übertölpeln war, und so verlegte er sich aufs Drohen: »Bäuerlein, hier lasse ich dich nicht durch, es sei denn, du gibst mir die Hälfte der Belohnung ab, die du vom König erhältst.«

Der Bauer überlegte eine Weile, dann sagte er: »Nun gut, du sollst die Hälfte haben!«

»Schwöre auf der Stelle«, sagte mißtrauisch der Wachtposten, »daß du mich nicht betrügst!«

»Ich schwöre es«, sagte der Bauer in bestimmtem Ton.

Der Wachtposten grinste übers ganze Gesicht und ließ den Bauern durch zum Palast.

Der Bauer verbeugte sich leicht und sagte: »Wenn ich vom König die Belohnung erhalte, muß ich aber wissen, mit wem ich sie teilen soll. Wie heißt Ihr denn, werter Freund?«

»Mich kennt jeder«, sagte der Wachtposten, »man nennt mich den Einäugigen Grunzochsen.«

Der König war außer sich vor Freude über den Fisch und fragte den Bauern sogleich, was er sich als Belohnung wünsche. »Ich wünsche mir tausend Stockschläge!« sagte der Bauer.

»Das kann doch nicht dein Ernst sein«, entgegnete der König und lachte von Herzen. Der Bauer blieb aber ernst und beharrte auf seinem Wunsch. Der König dachte, der Bauer sei nicht ganz recht im Kopfe und befahl seinen Leuten, ihm nur ganz leichte Schläge zu verabreichen.

Der Bauer wurde auf die Erde gelegt und die Hofleute zählten ihm die Stockschläge auf den Hintern, aber ganz leichte nur, daß es kaum weh tat. Beim fünfhundertsten Schlag sprang der Bauer auf und rief: »Genug, ich habe meinen Teil abbekommen!« Alle hielten ihn nun wirklich für einen Verrückten, und der König fragte unter dem Gelächter der Hofleute: »Wer soll denn den anderen Teil erhalten?«

»Der Einäugige Grunzochse!« antwortete der Bauer und erzählte dem König und seinem Gesinde, was sich am Tor bei seiner Ankunft zugetragen hatte.

Und mit ernster Miene fügte er hinzu: »Ich habe es ihm geschworen, er bekommt die andere Hälfte der Belohnung, zahlt sie ihm gleich aus in meinem Beisein!« Dem König war bei dieser Erzählung das Lachen vergangen, er war vor Zorn ganz rot geworden und befahl, den Einäugigen Grunzochsen sogleich vorzuführen.

Vor dem Tor war indes der Einäugige Grunzochse freudig auf- und abgeschritten und hatte sich überlegt, was er mit seinem Teil der Belohnung wohl anfangen würde. Er rieb sich immer wieder über die Dummheit des Bauern die Hände. Als nach ihm gerufen wurde, trat er freudestrahlend vor den König.

Was war das? Der König blickte ihn finster und zornig an und befahl den Hofleuten, ihn festzubinden und ihm fünfhundert tüchtige Schläge mit einem kräftigen Stock zu verabfolgen. Als er verwirrt und erschrocken nach dem Grund des königlichen Strafurteils fragen wollte, herrschte ihn der König an: »Du hast die Hälfte der Belohnung von dem Bauern gefordert, du wirst sie jetzt erhalten, ganz genau die Hälfte!«

Der Einäugige Grunzochse wand sich bald vor Schmerzen, aber es wurden ihm auf den Hieb genau fünfhundert mit dem Stock auf das Hinterteil gezählt.

Als er die Belohnung erhalten hatte, sagte der König zu ihm: »So, und jetzt bedankst du dich bei dem Bauern hier für deine Hälfte, die er dir überlassen hat.«

Der Einäugige Grunzochse mußte sich für die Hiebe bedanken und hielt unter dem Gelächter des ganzen Hofes heulend sein Hinterteil, als der Bauer fröhlich vom Hof Abschied nahm.

Die Zauberstange

An einem kleinen See im Gebirge weideten einmal Hirten ihre Kühe. An den Hängen um den See fanden sie würzige Gräser und Kräuter, und wenn sie Durst hatten, stiegen sie zum See hinab und tranken das klare und kühle Wasser.

Die Hirten bewachten eine Herde von neunundneunzig Kühen. Eines Mittags aber zählten sie plötzlich hundert Kühe und fanden ein schönes Mädchen mitten in der Herde. Das Mädchen gefiel den Hirten sehr wohl, denn es war freundlich und wußte manche wundersame Geschichte zu erzählen.

Am Abend war das Mädchen plötzlich verschwunden, und die Hirten zählten auch nur wieder neunundneunzig Kühe. So ging es nun jeden Tag. Das Mädchen kam gegen Mittag und verschwand am Abend.

Wenn die Sonne hoch am Himmel stand, zählten die Hirten hundert Kühe, und wenn der Sonnenball hinter den Bergen verschwand, trieben sie nur neunundneunzig Kühe nach Hause.

Keiner wußte, woher das Mädchen mittags immer kam, und keiner wußte, wohin es am Abend verschwand.

Die Hirten konnten ihre Neugierde schließlich nicht mehr bezähmen und fragten das Mädchen nach dem Geheimnis, das sie selbst nicht zu lösen vermochten.

Das Mädchen verriet zwar mit keinem Wort, woher es kam und wohin es ging, aber es sagte zu den Hirten: »Am Tag taucht eine Zauberkuh unter der Herde auf. Diese Kuh kann auf dem Wasserspiegel laufen. Wenn sie will, so teilt sich auch das Wasser, und sie geht auf trockenem

Boden in dem See. Wenn einer mit dieser Kuh zum großen Meer ginge, so bräuchte er keine Angst zu haben, er könnte sicher über die Wellen auf ihr reiten. Der größte Zauber aber, der von ihr ausgeht, liegt in ihren Haaren. Ein einziges ihrer Haare vermag viele tausend Pfund zu tragen.«

Die Hirten bedrängten das Mädchen, ihnen die Zauberkuh zu zeigen. Das Mädchen aber schüttelte nur den Kopf und sagte: »Die Zauberkraft dieser Kuh dient nur ehrlichen und bescheidenen Menschen.«

Eines Tages kletterten die Hirten auf einige Bäume am See, um Früchte zu pflücken. Die Kühe waren nun unbeaufsichtigt und brachen in ein Reisfeld ein. Ein alter Mann, der das Reisfeld bewachte, griff nach seiner Tragestange und verjagte damit eine Kuh nach der anderen. Lange Jahre hatte er mit dieser Tragestange gearbeitet, sie war durch Regen und Sonne an vielen Stellen rissig geworden. Als er nun leicht damit nach den Tieren schlug, blieben auch einige Kuhhaare an der Stange hängen. Als der Abend dämmerte, lud der Alte wie gewöhnlich zwei Holzbündel auf die Stange, nahm sie auf die Schulter und wollte das Holz nach Hause tragen. Der Alte wunderte sich sehr, denn die Holzbündel waren plötzlich sehr leicht, und so hängte er an jedes Ende der Stange noch ein weiteres Bündel an. Es war ihm aber, als läge überhaupt nichts auf seiner Schulter, und so fügte er ein Bündel nach dem anderen hinzu und hatte schließlich zwei riesige Holzhaufen an seiner Tragestange hängen. Fröhlich und leichtfüßig trug er die beiden Bündel nach Hause.

Der Alte konnte sich zwar nicht erklären, worin der Zauber bestand, denn er wußte selbst nichts von der Zauberkraft, die in einigen Kuhhaaren steckte. Diese Haare hatten sich in einigen Rissen der Stange festgesetzt und stammten von der Zauberkuh. Der Alte war ein ehrlicher und bescheidener Mann. Täglich schleppte er nun zwei schwere Holzbündel nach Hause, die er aber leicht zu tragen vermochte. Nun konnte er auch Holz in den Wäldern sammeln und zum Verkauf in die Stadt bringen. Damit verdiente er sich sein tägliches Brot und konnte nun zum ersten Mal in seinem Leben auch etwas Geld beiseite legen. Eines Tages begegnete er auf seinem Weg in die Stadt einem Reichen. Der wunderte sich sehr, als er den Alten zwei riesige Holzbündel leichtfüßig die Straße entlangtragen sah.

»Wie kann ein alter Mann so schwere Lasten tragen?« fragte der Reiche und rieb seine Augen. Schließlich bat er den Greis um Auskunft über die merkwürdige Stange. Der alte Mann wußte nichts zu sagen und meinte achselzuckend: »Meine Tragestange ist eine Zauberstange!«

Der Reiche kam aus dem Staunen gar nicht heraus und bat schließlich, die merkwürdige Stange mit den beiden Holzbündeln auch selbst einmal auf die Schulter legen zu dürfen. Der alte Mann hob sie ihm lachend auf die Schulter. Der Reiche spürte keinerlei Last und konnte schnell und ohne Anstrengung damit die Straße entlanggehen. Das ließ dem Reichen keine Ruhe mehr und er sagte schließlich zu dem Alten: »Verkauf mir deine Tragestange, ich bezahle dir fünfhundert Silbertaler dafür.«

Der Alte wollte zuerst nichts von diesem Handel wissen, dann überlegte er sich, daß er mit soviel Geld den Rest seines Lebens gut beschließen könnte. Nach einigem Hin und Her war er schließlich einverstanden und verkaufte die Tragestange für fünfhundert Silbertaler.

Der Reiche zahlte dem Alten das Geld in die Hand und brachte die Tragestange schnellstens nach Hause. Immer wieder betrachtete er die Stange, prüfte sie, wog sie in seinen Händen, streichelte sie wie etwas ganz Kostbares und merkte dabei, daß sie uneben und nicht ganz glatt war. So ging der Reiche zu einem guten Tischler und ließ ihn die Tragestange glatthobeln. Die Risse und Unebenheiten verschwanden, mit den Spänen fielen aber auch die Zauberhaare auf den Boden. Davon aber merkte der Reiche nichts. Zufrieden trug er die geglättete Stange nach Hause.

Wie ihr Mann nun vergnügt wie noch nie zur Tür hereinkam, konnte die Frau des Reichen ihre Neugierde nicht mehr länger bezähmen und fragte ihren Mann nach dem Grund seiner Freude. Da erzählte ihr der Reiche die ganze Geschichte und berichtete seiner Frau, daß er die Zauberstange für nur fünfhundert Silbertaler erstanden habe. Als die Frau einige Zweifel anmeldete, lud der Mann zwei Bündel von je fünf Pfund auf die Stange, hob sie seiner Frau auf die Schultern und befahl ihr, die Zauberstange gleich selbst zu erproben. Voller Ärger rief da die Frau: »Das soll eine Zauberstange sein! Du träumst ja am hellichten Tage!«

Der Reiche schüttelte nur den Kopf, hängte voller Stolz noch einige Gewichte an die beiden Enden und beugte sich, um die Tragestange nun selbst auf seine Schultern zu heben.

»Nein, was ist denn das?« rief der Reiche erstaunt. Soviel er auch probierte, soviel er auch die Stange beschwor, soviel er auch fluchte, die Zauberstange hatte ihre wunderbare Kraft für alle Zeit verloren.

Goldstute

Es war einmal ein reicher Bauer, der liebte Geld mehr als sein Leben. In seinen Augen erschien die kleinste Münze größer als ein Mühlstein. Immer hielt er Ausschau nach Gelegenheiten, Geld zu machen. Und er war seinen Pächtern ein harter Grundherr. So nannten ihn alle nur »Geizkragen«.

Eines Tages kam eine große Trockenheit über das Land. Kein Wölkchen zeigte sich mehr am Himmel und kein Tropfen Wasser fiel. Die Bauern, die ohnehin von einer Ernte zur anderen lebten, hatten nun kein Körnchen mehr in ihrer Scheune und mußten bereits Baumrinde und Wurzeln essen, um zu überleben. Aber selbst die Rinde und die Wurzeln gingen aus. Hunger drohte und große Not stand bevor.

Die Scheunen vom Geizkragen aber, die großen und die kleinen, waren übervoll. Die Bauern machten sich schließlich auf den Weg zu ihm und baten ihn, von seinem Überfluß etwas abzugeben.

Geizkragen aber hieß nicht nur so, er war es auch. Er war so geizig, wie man nie einen Menschen irgendwo geiziger gesehen hatte.

Die Bauern mußten schließlich unverrichteterdinge wieder abziehen, steckten ihre Köpfe zusammen und beschlossen, ihm eine Lehre zu erteilen. Sie holten ihre letzten Silberstückchen aus den Häusern und führten eine magere kleine Stute aus einem der Ställe. Dann stopften sie die Silberstückchen in das Hinterteil des Pferdes und banden sie mit dünnen Baumwollfäden unter dem Schwanz des Pferdes fest.

Von den Fäden sah man nichts. Sie hatten die Farbe des Pferdes selbst. Schließlich wählten sie einen der Ihren aus, der den Spitznamen »Großmaul« hatte und von dem erzählt wurde, er könne mit seinen Reden Tote aus ihren Gräbern erwecken. Ihn sandten sie zu Geizkragen mit der Stute. Als Geizkragen ihn in den Hof kommen sah, geriet er in Zorn.

Er rief durch das Fenster: »Du verdammter Hund, was tust du auf meinem Hof? Geh mir aus den Augen!«

»Dämpft Eure Stimme, Meister«, sagte Großmaul und lachte dabei bedeutungsvoll.

»Wenn Ihr mein Pferd erschreckt und es durchgeht, dann könnt Ihr Euer ganzes Hab und Gut verkaufen, um den Schaden wiedergutzumachen.«

»Was sollen diese Reden, Großmaul, was kann dieses schäbige Pferd denn wert sein?«

»Oh, nichts weiter, aber wenn es seine Eingeweide bewegt, dann kommen Gold- und Silberstücke hinten heraus.«

Diese Worte erregten Geizkragens Neugier, und er fragte schnell: »Woher hast du denn den Gaul?«

»Ja«, begann Großmaul, »vor einigen Nächten hatte ich einen merkwürdigen Traum. Ich traf einen weißbärtigen alten Mann, der zu mir sagte: ›Großmaul, das Pferd, das die Gold- und Silberbarren des Gottes des Reichtums im Himmel immer befördern mußte, ist ausgeschirrt worden und wurde zur Erde geschickt. Du kannst in den Nordwesten gehen und es fangen. Wenn es seine Eingeweide bewegt, dann gibt es Silber und Gold von sich. Wenn du es fängst, ist dein Glück gemacht.‹ Dann gab mir der alte Mann einen Stoß, und ich wachte auf.

Ich gab nichts drauf, denn es war ja nur ein Traum, so dachte ich, drehte mich um und schlief erneut ein. Aber kaum hatte ich meine Augen zugemacht, da erschien der alte Mann wieder und drängte mich, endlich aufzustehen.

›Das Pferd wird sich ein anderer holen, wenn du weiter zögerst.‹ Und er gab mir erneut einen Stoß.

Ich wachte wieder auf, nahm schließlich meine Kleider vom Boden und rannte los. Tatsächlich, in den nordwestlichen Wiesen sah ich zuerst etwas wie einen Feuerball. Ich rannte und rannte und fand schließlich das Pferd, das ganz friedlich dort graste. So führte ich das Pferd nach Hause. Ich hatte nun die Stute in Besitz, die Gold und Silber von sich geben konnte.

Am folgenden Tag zündete ich etwas Weihrauch an, und kaum hatte ich den Weihrauch entzündet, da stellte sich das Pferd breitbeinig hin und siehe da, Silberstückchen kamen aus seinem Hintern.«

»Ist das wirklich wahr?« fragte Geizkragen begierig.

Großmaul entgegnete: »Es gibt ein altes Sprichwort, das sagt ›Den Pudding kannst du allein prüfen, wenn du ihn ißt.‹ Wenn du mir nicht glaubst, dann kann ich es dir ja einmal vorführen.«

Er bat Geizkragen, ein Weihrauchgefäß zu holen und den Weihrauch zu entzünden. Großmaul trat hinter das Pferd und hielt einen großen, breiten Teller unter den Hintern der Stute. Dabei zog er heimlich die Baumwollfäden heraus, so daß alsbald die kleinen Silberstücke klimpernd auf den Teller fielen.

Wie nun Geizkragen das Pferd Silber von sich geben sah, fragte er begierig: »Und wieviel gibt der Gaul am Tage von sich?«

»Drei oder vier Täls an einem Tag, bei Leuten von unserem Schlag«, antwortete Großmaul, »aber der alte Mann in meinem Traum sagte noch: ›Wenn das Pferd auf eine wirklich glückliche Person trifft, so könnte es sein, daß es vierzig oder fünfzig Täls pro Tag von sich gibt.‹«

Geizkragen dachte bei sich selbst, das Pferd muß ich haben, und er stellte sich vor, welch ein reicher Mann er würde, wenn die Stute auch nur zwanzig Täls an einem

Tag auf den Silberteller klimpern ließe. Und schnell rechnete er nach: Das wären sechshundert Täls in einem Monat und siebentausendzweihundert Täls in einem Jahr.

Als er diese Summe bedachte, stand es fest, er mußte den Gaul haben, koste es, was es wolle. So fing er ganz ernsthaft mit Großmaul zu handeln an. Großmaul tat zuerst, als käme ein solcher Kauf nie in Frage. Geizkragen blieb hartnäckig und versuchte, ihn bei einem noch höheren Preis zu überreden, das Pferd ihm endgültig zu überlassen. Schließlich seufzte Großmaul tief und sagte: »Ja, wenn es denn sein muß. Mein Glücksstern leuchtet nicht so hell wie der Eure. Ich muß ihn eben verkaufen, aber ich möchte weder Silber noch Gold. Ich möchte dreißig große Scheffel Getreide dafür.«

Geizkragen dachte, dieser Preis sei wirklich niedrig und schlug sofort in den Handel ein. Großmaul eilte zurück, holte einen Wagen, lud das Getreide darauf, fuhr nach Hause und verteilte das Getreide an alle Bauern des Dorfes.

Nun hatten sie etwas zu essen und konnten auch noch ein wenig Sämereien für die neue Aussaat zurücklassen.

Geizkragen war nun glücklich, das Pferd zu besitzen, und konnte sich vor Freude gar nicht beruhigen. Er war sehr mißtrauisch und wollte das Pferd an einen sicheren Ort bringen. Nirgendwo schien der Gaul sicher genug. Schließlich holte er ihn sogar in seine Wohnstube hinein.

Dort legte er einen schönen roten Teppich auf den Boden, brachte ein Weihrauchgefäß hinein und entzündete den Weihrauch.

Die ganze Familie saß um den Gaul herum und wartete nun voller Erregung, wieviel Gold- und Silberstücke zwischen den Hinterbeinen des Pferdes hervorklimpern würden. Aber alle warteten sie bis Mitternacht.

Plötzlich öffnete das Pferd die Hinterbeine. Geizkragen sprang auf und holte ein kostbares Lacktablett und hielt es unmittelbar unter die Hinterbacken der Stute. Aber er wartete und wartete, es ereignete sich gar nichts. Ärgerlich hob er den Schwanz des Pferdes, beugte sich nieder und versuchte herauszufinden, ob nicht etwas Silber zwischen den Hinterbacken ihm entgegenblitze.

Da machte es plötzlich »klatsch«, und das Pferd hatte Geizkragen über und über bespritzt und bekleckert. Das flüssige »Gold und Silber« rann an seinen Wangen und an seinem Nacken herunter und bedeckte seine schönen langen Gewänder bis zu den Füßen. Der Gestank war so durchdringend, daß Geizkragen hinauseilte, laut schrie und dann zu brechen begann, wieder und immer wieder.

Das Pferd in der Stube aber erleichterte sich noch in anderer Weise, und mit reichlich brauner Flüssigkeit tränkte es den schönen Teppich bis zu den letzten Fasern. Die ganze Stube stank zum Himmel. Geizkragen begriff nun, daß er an der Nase herumgeführt worden war, und in einem Wutanfall tötete er das Pferd.

Am nächsten Morgen sandte er sogleich mehrere seiner Knechte aus, die Großmaul festnehmen und zu ihm bringen sollten. Aber die Pächter hatten ihn gut versteckt. Die Männer von Geizkragen konnten suchen, wo sie wollten, in den Küchen, in den Stuben, in den Ställen, in den Scheunen, Großmaul fanden sie nicht. Es war nicht die geringste Spur von ihm zu finden. So beschloß Geizkragen, abzuwarten, Spione aufzustellen und die Augen offenzuhalten.

Bald wurde es Winter, und an einem klaren Wintermorgen vergaß Großmaul, sich gut zu verstecken, und wurde daher von den Häschern von Geizkragen gefunden und festgenommen. Als er bald darauf vor Geizkragen stand, mahlte dieser mit den Zähnen und ohne ein Wort zu sagen, ließ er Großmaul abführen und in seiner Mühle einsperren. Er befahl den Knechten, ihm seine Kleider vom Leib zu reißen und ließ ihn in der Mühle allein – nur mit einem

Baumwollhemd bekleidet, in der Hoffnung, daß er dort erfrieren müßte.

Nun war es die kälteste Jahreszeit im Jahr, Schnee war gefallen und ein bitterkalter Wind blies durch die Ritzen. Großmaul kroch in die Ecke und zitterte vor Kälte. Als er es vor Kälte fast nicht mehr aushalten konnte, schoß ihm eine Idee in den Kopf.

Er stand auf, hob den großen Mühlstein vom Boden und begann nun vor- und zurückzugehen, wobei er den großen Mühlstein vor sich hin- und herrollte. Bald wärmte er sich damit auf, kam ins Schwitzen und hatte die Kälte vergessen. Die ganze Nacht ging er hin und her, rollte den Mühlstein durch die Mühle und gönnte sich kaum ein paar Minuten Ruhe. Am nächsten Morgen glaubte Geizkragen, Großmaul sei bereits erfroren. Aber als er die Mühlentür öffnete, fand er zu seinem größten Erstaunen Großmaul in einer Dampfwolke sitzen, den ganzen Körper über und über von Schweiß bedeckt.

Großmaul stand sofort auf und bat ihn: »Meister, habt Mitleid mit mir, schnell, bringt mir einen Fächer, ich sterbe noch vor Hitze.«

»Woher kommt denn hier die Hitze?« fragte Geizkragen sprachlos.

»Ach, die Hitze, die kommt nur von diesem Hemd. Es ist ein altes Erbstück und wird schon lange ›Feuerdrachenhemd‹ genannt. Je kälter das Wetter, desto größer ist die Hitze, wenn man es trägt.«

»Und woher hast du das Hemd?«

»Ach, ursprünglich war es die Haut des Feuerdrachens, die dieser dann abstreifte. Die Königin des westlichen Himmels hat dann daraus ein Hemd gewoben. Später kam es in den Besitz meiner Vorfahren und so ist es als Familienerbstück auf mich gekommen. Generation zu Generation hat man es vererbt, und ich habe es dann eben angezogen.«

Geizkragen sah den Schweiß auf dem Körper von Groß-maul, fühlte die Hitze und glaubte daher die ganze Ge-schichte. Für ihn war es eine abgemachte Sache, dieses Feuerdrachenhemd mußte er haben, und so vergaß er die Sache mit der Goldstute.

Ohne zu überlegen, bot er sofort Großmaul seinen lan-gen Fuchshaarmantel für das Hemd. Großmaul lehnte ab und rief: »Nie werde ich dieses Hemd verkaufen oder ver-tauschen!«

Aber als Geizkragen fünfzig Silbertäls noch zu dem Tausch dazulegte, sagte Großmaul schließlich mit einem Seufzer: »Ach, meine Vorfahren dürften dies nicht sehen und nicht wissen, daß ich das gute alte Erbstück doch ver-kaufe und vertausche.« Nachdem er dies gesprochen hatte, zog er das Hemd aus und schlüpfte sofort in den Fuchs-haarmantel von Geizkragen. Dann schob er die fünfzig Silbertäls in die Tasche und trat sofort den Heimweg an.

Die Freude von Geizkragen kannte nun keine Grenzen. Einige Tage später sollte der Geburtstag seines Schwieger-vaters gefeiert werden. Dieser wohnte in einem Dorf, das zwei Tagesreisen weit entfernt war. Nun wollte er allzu gern seine neue Erwerbung vorführen und brach sofort auf zu seinem Schwiegervater und hatte dabei nur das Feuerdrachenhemd an. Es war Winter, und mitten auf der Reise erhob sich ein scharfer Wind, und es begann auch zu schneien. Geizkragen zitterte vor Kälte. Der Ort, an dem er sich befand, war weit von jedem Dorf und jeder Gast-stätte entfernt, so daß er nirgendwo Unterschlupf finden konnte. Er spähte überall umher und sah schließlich einen großen Baum am Wegesrand, in den der Blitz gefahren war und der deswegen halb verbrannt war. Auf diese Weise war eine Baumhöhle entstanden und in diese Höhle paßte gerade ein Mensch hinein.

Geizkragen eilte dorthin und barg sich in der Baumhöhle. Der Wind wurde immer stärker, ein Schneesturm kam,

Geizkragen bückte sich, schneite völlig ein und starb schließlich in dem Baum vor Kälte.

Erst mehrere Tage später fand seine Familie seinen Leichnam. Nun wußten sie alle, daß Geizkragen von Großmaul wieder an der Nase herumgeführt worden war und sandten Männer aus, die ihn ergreifen und bestrafen sollten.

Diesmal verteidigte sich Großmaul. »Mein kostbares Hemd beginnt immer zu brennen, wenn es mit Holz, Gras oder Baumstämmen zusammenkommt«, erklärte er. »Der gute Meister ist wohl auf diese Weise zu Tode gekommen. Ich kann dafür nichts und kann nicht dafür büßen. Ich hab ihm nie gesagt, daß er sich in einem Baum verbergen soll. Wenn ihr nachseht, werdet ihr bestimmt sehen, daß der Baum bereits halb weggebrannt ist.«

Als die Familie den Baum untersuchte und alles so vorfand, wie es Großmaul beschrieben hatte, konnten sie nichts mehr gegen ihn machen und mußten ihn freilassen.

Der Vogel des Glücks

Vor langer, langer Zeit war Tibet öde und arm, das Land war kalt, es gab keine Bäume, keine Sträucher, keine Blumen, es flossen keine Flüsse und nirgendwo war guter Boden, so daß die Leute kaum etwas anbauen konnten. Sie litten Hunger, sie froren und wußten nicht recht, was es eigentlich bedeutet, glücklich zu sein. Trotz allem aber glaubten sie daran, daß es irgendwo auf der Welt auch Glück geben müßte.

Lange schon erzählten sich die alten Leute, daß das Glück ein schöner Vogel sei, der weit im Osten in den Schneebergen lebe, und sie glaubten daran, daß mit diesem Vogel das Glück komme. Wohin immer auch der Vogel fliege, das Glück sei in seinem Gefolge.

Immer wieder zog einer von ihnen aus, um diesen Vogel zu suchen, aber keiner von ihnen kehrte jemals wieder zurück.

Es verbreitete sich das Gerücht, der Vogel des Glücks werde von drei alten Ungeheuern bewacht, die jeden, der da ankomme, allein schon durch ihren Atem töten könnten, mit dem sie ihn anhauchten.

Eines Tages nun schickten die armen Leute eines Dorfes einen besonders anstelligen und klugen Jungen aus, den Vogel des Glücks zu suchen. Wangjia, so hieß der Junge, wurde bei seiner Abreise von den Mädchen des Dorfes mit Gerstenschnaps verabschiedet, und die Frauen streuten Gerstenkörner auf sein Haupt und wünschten ihm eine gute Reise.

Wangjia zog frohen Mutes durch die Lande und wanderte

viele Tage, bis er schließlich in der Ferne einen großen Schneeberg sah, der in der Sonne glitzerte, als ob Silber auf ihm läge. Da aber trat auch schon ein altes Ungeheuer ihm auf seinem Weg entgegen, schrecklich anzusehen, und mit einem schwarzen Bart am Kinn.

»Wer kommt denn da?« krächzte das Ungeheuer wie eine riesige Krähe, »wer wagt es da, hierherzukommen? Was suchst du hier?«

Der Junge ließ sich nicht einschüchtern und gab mit befremdlicher Stimme zur Antwort: »Mein Name ist Wangjia, ich bin gekommen, um den Vogel des Glücks zu suchen!«

»Ha, ha«, lachte da das Ungeheuer, »wie kann es ein so kleiner Knirps wie du überhaupt wagen, bis hierher zu kommen?«

Das Ungeheuer schüttelte seinen zottigen Kopf und sagte weiter: »Wenn du den Vogel des Glücks finden willst, dann mußt du zuerst die Mutter von Luosang töten. Wenn du das nicht tust, wirst du bestraft. Ich selbst aber will dich kleinen Kerl zwar am Leben lassen, aber du wirst dann über Geröllhalden laufen müssen, neunhundert Meilen weit. Hast du das geschafft, dann sind auch deine Kräfte am Ende.«

Da antwortete Wangjia: »Ich liebe meine eigene Mutter sehr, niemals werde ich die Mutter eines anderen töten. Tue, was du willst!«

Da geriet das Ungeheuer in Zorn und blies seinen schwefeligen Atem dem Jungen ins Gesicht. Als das Monster dann noch mit einem Auge zwinkerte, verwandelte sich der bisher ganz glatte Weg in eine Geröllhalde mit Steinen, die so scharf und so spitz waren wie Messer und Nadeln.

Wangjia wanderte aber weiter, nach hundert Meilen waren seine Schuhsohlen schon ganz durchgelaufen, nach weiteren hundert Meilen waren seine Füße blutig und zerschnitten und nach dreihundert Meilen waren auch seine

Hände völlig zerschunden. Wangjia konnte kaum mehr weiter. Schon dachte er ans Umkehren, aber er gab sich einen Ruck und zog weiter.

Er wußte, die Leute zu Hause setzten große Hoffnungen in ihn und erwarteten, daß er den Vogel des Glücks nach Hause bringe. Wangjia legte sich auf die Erde und begann vorwärts zu kriechen. Bald waren auch seine Kleider zerrissen und seine Knie zerschunden. Schließlich aber hörte die Geröllhalde auf, und da sah er auch schon das zweite Ungeheuer, das einen braunen Bart hatte und dessen Stimme wie der heulende Nordwind sich anhörte.

»Wenn du den Vogel des Glücks finden willst, dann mußt du zuerst den alten Silang vergiften. Tust du es nicht, so lasse ich dich verhungern!«

Wangjia schaute dem Ungeheuer seelenruhig ins Gesicht und sagte: »Ich liebe meinen eigenen Großvater sehr und werde nie den Großvater eines anderen töten. Du kannst schreien, soviel du willst, ich tue dies nicht!«

Daraufhin blies das Ungeheuer seinen feurigen Atem in Wangjias Gesicht, und sein Beutel mit den letzten Brotresten wurde vom Wind hinweggetragen. Vor seinen Augen verwandelten sich plötzlich die blauen Berge und die grünen Flüsse in eine kahle, endlose Wüste, in der auch kein einziger Bissen mehr zu finden war.

Wangjia brach erneut auf, zu einem Marsch ins Ungewisse.

Nach den ersten hundert Meilen begann sein Magen vor Hunger zu knurren, nach zweihundert Meilen Weg verschwamm ihm alles vor den Augen, und er sah Sterne tanzen, und nachdem er dreihundert Meilen zurückgelegt hatte, war er so hungrig, daß ein ganz stechender Schmerz in seinen Magen fuhr, und er meinte, seine Eingeweide würden mit Messern zerschnitten. Jeder, der einmal gehungert hat, weiß, wie solche Schmerzen sind. Als er an einen Fluß kam, trank er eine große Menge kalten Wassers und zog weiter. Inzwischen aber schwanden seine letzten Kräfte, er bestand nur noch aus Haut und Knochen. Da trat ihm das dritte alte Ungeheuer in den Weg.

»Welch ein waghalsiger Tor wagt sich hierher?« donnerte das Ungeheuer.

»Mein Name ist Wangjia, ich suche den Vogel des Glücks!«

»Wenn du den sehen willst, dann mußt du mir zuerst die Augäpfel der schönen Baima bringen. Kannst du dies nicht, so werde ich deine Augen aus ihren Höhlen meißeln!«

Wangjia war entsetzt und sagte: »Niemals, niemals werde ich die Augen eines schönen Mädchens verwunden oder zerstören. Du bist wohl von Sinnen!«

Das alte Monster schäumte vor Wut. Mit aufgeblasenen Backen hauchte das Ungeheuer den Jungen an und blies ihm die Augäpfel aus ihren Höhlen, so daß er blind wurde.

Dies wird wohl die letzte Prüfung gewesen sein, dachte er und tastete sich weiter, ohne das Geringste sehen zu können. Er hatte sich aber die Richtung gemerkt, die Richtung des Sonnenaufgangs, und so stolperte er vorwärts. Halb mit seinen Händen tastend, halb auf dem Boden kriechend, schaffte er weitere neunhundert Meilen. Endlich kam er an den Fuß eines Berges, von dem angenehm kühle Lüfte wehten.

Und da hörte er die wunderbare, süße Stimme eines Vogels, er war am Ziel, es war der Vogel des Glücks.

»Mein liebes Kind, sei willkommen. Du hast den langen Weg zu mir geschafft, dies ist ja kaum zu glauben!«

Überwältigt von Freude, rief Wangjia aus: »Ja, ich habe es geschafft. Nur dich wollte ich sehen! Meine Lieben zu Hause möchten dich wenigstens einmal begrüßen, sie warten darauf Tag und Nacht. Ich bitte dich, komm mit mir!«

Da liebkoste der Vogel des Glücks die Wangen des Jungen

mit seinen Schwingen und begann zu singen. Da kamen die Augäpfel Wangjias geflogen und setzten sich wieder in seine Augenhöhlen, und er sah besser als er jemals zuvor gesehen hatte. Alle seine Wunden waren plötzlich geheilt und er fühlte sich gesund, munter und stärker als je zuvor.

Der Vogel des Glücks brachte Wangjia Fleisch, Früchte und Kuchen, hieß ihn, auf seinen Rücken zu steigen und flog mit ihm durch die Lüfte zum Dorfe Wangjias. Bald landeten sie auf der Spitze eines Hügels beim Eingang des Dorfes.

»Was ist wohl dein sehnlichster Wunsch?« fragte der Vogel des Glücks.

»Was wir alle seit langem ersehnen«, sagte Wangjia, »das sind Wärme und Geborgenheit, Wälder und Felder, Flüsse und Seen, Gräser und Blumen!«

Da schaute der Zaubervogel vom Hügel aus ins Land und stieß mit lauter und kraftvoller Stimme drei Rufe aus. Beim ersten Ruf brach die Sonne golden und strahlend durch die Wolken hervor und schickte ihre wärmenden Strahlen ins Land. Beim zweiten bedeckten sich die Berge mit Wäldern, man sah plötzlich Hirsche und andere wilde Tiere, und singend stiegen Lerchen in die sonnigen Lüfte. Beim dritten Ruf überzog sich das Land mit saftigen Weiden, durchströmt von klaren Flüssen, und man sah weiße Kaninchen fröhlich im Grase miteinander spielen.

Seit dieser Zeit sind die Leute glücklich, und nie mehr brauchten sie so große Not zu leiden wie in früheren Zeiten.

Das Mädchen mit der Kastanienblüte

~~~~~~

Am großen Flusse Tsangpo lebte einmal ein Jäger, der hatte einen Sohn und der hieß Lossang. Der Junge war schon als Kind klug und furchtlos, und deshalb nahm ihn der Vater recht früh schon mit auf die Jagd. Bald war das Wild in den Tälern und Bergen vor ihm nicht mehr sicher, denn der Junge wurde ein Meister im Bogenschießen. Mit zwanzig Jahren war er schon so schnell wie ein Hirsch und so wendig wie ein Bergtiger. Lossang war schlank wie der Bambus, und seine tiefschwarzen Augen verzauberten manches Mädchen. Keine aber war darunter, zu der er eine besondere Zuneigung zeigte.

Eines Tages lag Lossang am Fluß und schaute zu, wie der Wind das Wasser kräuselte und das Schilf bewegte. Da sah er plötzlich einen weißen Reiher daherfliegen und über der Flußmitte kreisen. Lossang griff schnell zu seinem Bogen, spannte die Sehne, legte den Pfeil an und schoß ihn ab. Mit einem heiseren Schrei stürzte der Reiher in den Fluß.

Der junge Jäger war gewohnt, einen erlegten Vogel jederzeit aus dem Wasser zu holen, aber diesmal riß der Strom den toten Reiher mit sich, nicht die kleinste Feder war mehr zu erblicken.

In diesem Augenblick erschien am anderen Ufer ein Mädchen, es trug einen Eimer aus Birkenrinde in der Hand, schritt zum Fluß hinunter und schöpfte Wasser. Lossang konnte ihr Gesicht nicht genau erkennen, aber er sah, daß sie ihm zulächelte. Eindeutig aber sah er, daß sie eine weiße Kastanienblüte im Haar trug, und er hörte sie singen: »Jäger, flink und jung, immer noch so dumm, trifft sein Glück und weiß es nicht!«

Der Wind trug den Gesang des Mädchens zu Lossang über den Fluß. Da spannte er nochmals seinen Bogen und schoß einen Pfeil in den Eimer des Mädchens. In einem kräftigen Strahl schoß das Wasser heraus. Da fuhr das Mädchen zornig auf und rief über den Fluß: »Du hast nur Dummheiten im Kopf wie ein törichter Junge. Zeige doch einmal, ob du etwas kannst! Deinem Vater gehört ein wilder Hengst, der ist so wild, daß er ihn an einem fernen Ort versteckt. Ja, wenn du den reiten könntest, dann wärst du endlich einmal erwachsen!«

Mit diesen Worten nahm das Mädchen ihren Eimer und ging davon, ohne sich auch nur einmal umzusehen. Lossang schaute ihr lange nach, und sah, wie sie auf die fernen grauen Berge zuschritt und allmählich seinen Blicken entschwand.

Noch nie hatte Lossang von einem wilden Hengst gehört, den sein Vater versteckt hielt. Hatte das Mädchen nur einen Scherz gemacht? Kaum zu Hause angekommen, bat er sogleich seinen alten Vater, ihn einmal auf dem wilden Hengst reiten zu lassen. Der Vater erschrak, denn absichtlich hatte er das Pferd vor seinem waghalsigen Sohn versteckt.

Beschwichtigend sagte der Alte: »Ach, den wilden Hengst willst du reiten! Das ist kein Pferd für dich, es ist viel zu wild und ungebärdig, man kann es nicht zähmen und bändigen, schlag dir diesen Gedanken aus dem Kopf!«

»Wenn Ihr ein solches Pferd besitzt, Vater, dann seid Ihr auf ihm auch schon einmal geritten. Warum sollte ich es nicht einmal versuchen?« Und Lossang setzte selbstbewußt hinzu: »Bin ich etwa ein schlechter Reiter?«

Der Vater blickte sorgenvoll drein und sagte: »Der beste Reiter setzt sein Leben aufs Spiel, wenn er das Pferd satteln will, ich habe es seit vielen Jahren nicht mehr versucht, es scheint, als sei dieser Hengst der Hölle entsprungen!«

»Ich werde ihn schon zähmen!« rief Lossang und ließ nicht nach, seinen Vater zu bitten, wenigstens es einmal mit dem wilden Hengst versuchen zu dürfen.

Der Vater sah, daß sein Sohn von diesem Plan nicht abzubringen war und gab schließlich nach.

»Hör zu!« sagte der Vater, »der Hengst ist gut versteckt, er lebt hinten in den fernen grauen Bergen. Drei Berge und drei Täler liegen vor dem Berg der Gelben Steine. An diesem Berg steht ein großer Trog, daraus trinkt der Hengst täglich Wasser. Findest du ihn dort nicht, so ist der Trog wohl leer. Dann mußt du am Fuß des Berges den kleinen See aufsuchen und dich dort verstecken, bis der Hengst zur Tränke kommt. Sei aber vorsichtig, er ist wild wie ein Teufel!«

»Habt keine Sorge, Vater«, sagte Lossang, »ich nehme mich schon in acht!«

Lossang machte sich gleich auf den Weg, überstieg die drei Berge, durchquerte die drei Täler und fand auch den Trog am Berg der Gelben Steine. Der Trog aber war ganz ausgetrocknet, es war auch keine Spur von Pferdehufen auf dem Boden zu sehen. Da suchte Lossang den kleinen Teich am Fuß des Berges und versteckte sich im Uferschilf. Gar nicht weit von dem See ragten auch schon die Felsen des Berges auf.

Was war das? Mit einem Mal erbebte die Erde, da donnerte und schnaubte etwas heran, und um den Felsvorsprung beim See jagte ein Riesenroß heran, das den Boden unter sich erzittern ließ. Lossang dachte zuerst an ein Ungeheuer, aber es war ein Pferd, ein Hengst, es war der wilde Hengst seines Vaters. Und da preschte er auch schon heran mit gewaltigen Hufen und einer strähnigen Mähne, die fast bis zur Erde herabreichte. Lossang drückte sich tief in das Schilf, als der Hengst zwischen dem See und den Felsen vorüberjagte.

Hatte der Hengst ihn etwa gesehen? Lossang kam es so vor, als hätte der Hengst fast tellergroße Augen gehabt. Das Pferd aber entschwand nicht wieder hinter den Bergen, es umrundete den See und kam wieder. Da nahm Lossang allen Mut zusammen, lief aus seinem Versteck und versuchte auf das Pferd zu springen, als es wieder vorbeikam. Das gewaltige Tier aber schlug mit Kopf und Mähne derart um sich, daß es unmöglich war, überhaupt in seine Nähe zu kommen. Während der Hengst seine Runde um den See galoppierte, hatte Lossang eine Kiefer am Wege erspäht. Behend kletterte er auf den Baum, setzte sich auf einen starken vorspringenden Ast und wartete, bis der Hengst unter ihm vorbeischoß.

Mit einem kühnen Sprung landete Lossang auf dem Rükken des Hengstes und hielt sich mit aller Kraft an der zottigen Mähne fest. Wild bäumte sich das Pferd auf, warf sich geradezu empor, schüttelte die lange Mähne, wieherte ein langes, nie gehörtes Wiehern und umkreiste den See in wilder Jagd. Die Hufe des Hengstes entfesselten ein dröhnendes Trommelfeuer, aber Lossang saß fest und ließ sich nicht abwerfen.

Mit einem Mal kehrte der Hengst dem See den Rücken und jagte mit seinem Reiter in die Berge. Zwischen den Felsen ging es hindurch, und die Hufe schlugen Feuer aus den Steinen. Roß und Reiter durchquerten lange Täler, jagten durch Schluchten und kamen gegen Abend endlich an den großen Fluß Tsangpo. Das Pferd war in höchstem Maße erschöpft und zitterte am ganzen Leibe. Lossang wagte nun, den Hals des Pferdes leise zu tätscheln. Da stand das Pferd still und blickte sich zum ersten Mal um. Pferd und Reiter sahen sich in die Augen. Von da an ließ sich das Pferd lenken wie ein Lamm. Lossang hatte den wilden Hengst gezähmt.

Der glückliche Reiter schaute sich in der Gegend um. War das nicht genau die Stelle, an der er den weißen Reiher über dem Fluß geschossen hatte? In diesem Augenblick sah er auch schon ein Mädchen am anderen Ufer mit einem Eimer Wasser schöpfen, es war das Mädchen mit der weißen Kastanienblüte im Haar. Lossang griff nach seinem Bogen auf seinem Rücken, legte einen Pfeil an und schoß ihn ab. Kaum war der Pfeil losgeschwirrt, da sah man auch schon Wasser aus dem Eimer spritzen. Das Mädchen sah auf und erblickte den Reiter auf dem wilden Hengst jenseits des Ufers.

»Na ja, auf dem Hengst sitzt er ja schon«, rief sie ihm zu, »aber seine Braut wartet immer noch vergeblich auf ihn!«

»Welche Braut denn?« rief Lossang, »ich habe keine Braut!«

»Sie wartet aber auf dich, es ist die schöne Bumo, die alle Freier abgewiesen hat. Zwanzigtausend Meilen von hier lebt sie bei ihrem Vater an einem Fluß. Wenn du mit dem wilden Hengst kommst, wird sie dich heiraten. So etwas wagst du aber nicht, du kannst ja höchstens anderen Leuten Löcher in die Eimer schießen!«

Mit diesen Worten nahm sie ihren Eimer, drehte sich um und lief den grauen Bergen zu. Bald war sie hinter Büschen und Felsbrocken verschwunden.

Was hat das Mädchen gesagt? Er, der den wilden Hengst gezähmt hatte, würde einem neuen Wagnis aus dem Wege gehen, niemals! Von der schönen Bumo hatte er schon des öfteren gehört, aber er dachte stets, daß er für sie viel zu jung sei und zu unerfahren. Die Worte des Mädchens mit der Kastanienblüte gingen aber Lossang nicht mehr aus dem Sinn.

Als nach seiner Rückkehr sein Vater ihn über die Maßen lobte, sagte Lossang: »Und nun, lieber Vater, hole ich die schöne Bumo als Braut heim. Ich hörte, sie wolle mich heiraten!«

»Unmöglich«, rief da der Vater, »das Mädchen wohnt

zwanzigtausend Meilen weit weg von hier, auf dem Weg dorthin lauern schreckliche Gefahren. Das kann dich dein Leben kosten!«

Lossang tätschelte den wilden Hengst, der nun sein Freund geworden war: »Wir beide, wir werden es schon schaffen!« sagte er.

Da der Vater seinem Sohn aber ganz inständig von diesem Wagnis abriet, wartete Lossang auf einen günstigen Augenblick. Pferd und Reiter ruhten sich aus und sammelten neue Kräfte. Als alle schliefen, sattelte Lossang heimlich den wilden Hengst und packte Vorräte für eine lange Reise zusammen.

Als der Morgen graute, schwang sich Lossang auf sein Pferd und jagte davon. Der Vater erwachte, konnte aber nur noch sehen, wie in der Ferne eine Staubwolke aufstieg, und er konnte gerade noch hören, wie die Erde unter den Hufschlägen des wilden Hengstes noch in der Ferne dröhnte.

Man hatte Lossang erzählt, daß die schöne Bumo weit, sehr weit hinter den fernen Bergen wohne. Um die richtige Richtung zu finden, ritt Lossang zum Fluß, durchquerte ihn schwimmend mit seinem Pferd, und kam genau an der Stelle wieder aus dem Wasser, an der das fremde Mädchen immer mit dem Eimer erschienen war. Und er lenkte den wilden Hengst den fernen grauen Bergen zu, genau dorthin, wohin auch das Mädchen jedesmal entschwunden war.

Wenn sie über Bumo so genau Bescheid wußte, dann wohnte sie vielleicht bei ihr in der Nähe. Aber konnte das Mädchen etwa so viele Meilen mit dem Eimer laufen? Diese Gedanken gingen Lossang durch den Kopf. Der Hengst schritt kräftig aus, sie kamen gut voran und erreichten bald völlig fremde Landschaften, in denen Lossang noch nie gejagt hatte. Die Farbe der Berge war ein lehmiges Grau. Man sah keinen Strauch und auch kein Büschel Gras mehr.

Da rieb sich Lossang die Augen. Hatte er sich getäuscht? Hatten sich die Berge eben bewegt? Da fuhr ihm auch schon der Schreck in die Glieder: Das vor ihm waren keine Berge, es war der warzige Leib eines riesigen lehmigen Drachen, der sich da bewegte. Und nun sah er auch, daß der Leib des Drachen wie eine lange Schlange mit Stachelhaut sich um eine Schar Mädchen schlang, die er in seine Gewalt gebracht hatte. Lossang sprang vom Pferd und griff nach seinem Bogen.

Die Mädchen hatten den jungen Reiter längst erblickt und riefen: »Hilf uns, rette uns vor dem Drachen! Wir sind alle verloren, wenn du uns nicht hilfst!«

»Wie soll ich euch bloß helfen? Gegen ein solches Ungeheuer hilft wohl keine Waffe!« rief Lossang, spannte aber dennoch seinen Bogen. »Junger Held mit dem Riesenpferd, versuche es dennoch! Wie könnten wir sonst unsere Heimat wiedersehen?« So flehten die Mädchen.

Als Lossang einen Pfeil anlegte, hielten die Mädchen den Atem an. Lossang zielte genau auf die Stelle zwischen den Augen des Drachens und traf. Gewaltig bäumte sich das Ungeheuer auf. Schwarzes Blut schoß ihm aus dem Kopf, heißes Blut. Kochend heiß spritzte es auch auf Lossangs Brust. Der Jüngling schrie auf vor Schmerz und stürzte ohnmächtig nieder.

»Schnell, schnell«, riefen die Mädchen einander zu, »bringt Wasser herbei und besprengt unseren Retter!«

Der Drache war in sich zusammengesunken und hauchte sein Leben aus.

»Ist es möglich? Wir sind frei!« riefen und jauchzten die Mädchen. Die jüngste von ihnen beugte sich beherzt über den Drachenkopf und nahm aus der Stirn des Ungeheuers eine strahlende Perle. Das Mädchen hielt triumphierend die Perle in das Sonnenlicht und legte sie dann Lossang auf die Brust. Da seufzte der Jüngling tief und schlug die Augen auf. Achtunddreißig schöne Jungfrauen hatte der

Drache gefangengehalten, sie alle versammelten sich nun im Kreise um ihren Retter.

»Hab Dank, hab Dank, schöner Jüngling«, sprach die älteste von ihnen, »wir wollen dich für deine Tat belohnen. Du kannst eine von uns wählen. Welches Mädchen dir gefällt, es wird stolz sein, deine Braut sein zu dürfen. Unsere Dankbarkeit wird niemals enden, sie aber wird dir für immer gehören!«

Und Lossang schaute in achtunddreißig erwartungsvolle Augenpaare. Nach einer Weile aber sagte er: »Euer Angebot ehrt mich sehr, aber ich habe schon eine Braut, sie heißt Bumo und ich bin auf dem Weg zu ihr.«

»Aber junger Held«, sagte die Älteste, »der Drache hat uns wegen unserer Schönheit geraubt, hast du uns alle wirklich auch richtig angesehen? Suche dir eine von uns aus. Die dir gefällt, sie ist dein!«

Als Lossang sich wieder in der Runde umsah, mußte er sich eingestehen, daß er nie einen solchen Reigen der Schönheit in seinem Leben gesehen hatte. Da blieb sein Blick an der jüngsten von allen haften, es war das Mädchen, das ihm die Strahlenperle auf die Brust gelegt hatte. Lossang war, als käme ihm dieses Mädchen irgendwie bekannt vor, er deutete auf sie und sagte lächelnd und freundlich zu ihr: »Komm, dich nehme ich mit!«

Das älteste Mädchen lachte und rief: »Eine gute Wahl hast du getroffen, das ist die jüngste von uns, und wir sollten es alle zugeben, es ist auch die klügste von uns allen!«

Und während Lossang seine Braut bei der Hand nahm und mit ihr zu dem wilden Hengst schritt, riefen die anderen: »Halt, wir wollen dir ein Geschenk mitgeben, du wirst es gut gebrauchen können!«

Und die Mädchen schnitten aus dem Schweif des wilden Hengstes einige Haare und aus der Mähne einige Strähnen. Dann nahmen sie Lehm, steckten die strahlende Perle darein und kneteten daraus ein kleines Pferd. Aus den

Haaren des wilden Hengstes machten sie eine schöne Mähne und einen langen Schweif für das Pferdchen und stellten es auf seine vier Beine.

Da klatschten die Mädchen in die Hände und riefen: »Seht her, es bewegt sich schon!«

Lossang traute seinen Augen nicht. Das kleine Pferdchen hob den Kopf, bewegte seine vier Beine und schlug mit dem Schweif. Und vor seinen Augen wuchs das Pferdchen, wurde größer und größer und stand plötzlich vor ihm. Und das älteste Mädchen sagte:

»Dies ist ein Wunderpferd, es läuft so schnell wie dein Hengst!«

Da nahmen beide Abschied von den Mädchen und bestiegen die beiden Pferde. Lossang ritt wieder den wilden Hengst, und seine Braut hatte sich auf das Wunderpferd geschwungen.

Wenn es ging, ritten sie nebeneinander. Immer wieder warf Lossang dem hübschen Mädchen auf dem Wunderpferd einen forschenden Blick zu, denn es war ihm, als hätte er seine junge Braut schon einmal gesehen. Schließlich fragte er etwas unsicher:

»Sag mal, holst du manchmal Wasser aus einem Fluß, mit einem Eimer aus Birkenrinde?«

Das Mädchen sah ihn erstaunt an, aber Lossang sagte auch schon: »Ich habe nämlich am Fluß ein Mädchen Wasser schöpfen sehen, die eine große Ähnlichkeit mit dir hatte!«

»Siehst du«, sagte das Mädchen, »sie sah mir wohl ähnlich. Du könntest mir aber einmal verraten, warum du gerade mich ausgesucht hast.«

Lossang zögerte mit der Antwort: »Weil du mir gefällst und weil du wohl auch so schön bist wie Bumo!«

Da lachte das Mädchen und sagte: »Ja hast du denn Bumo schon einmal gesehen? Wer weiß, wie sie aussieht!«

Lossang war inzwischen ein Gedanke gekommen. Nach

einer Weile des Schweigens sagte er: »Ich will dir in keiner Weise weh tun, aber mir geht Bumo nicht aus dem Sinn. Ich schlage vor, du wirst meine Schwester und ich werde dein Bruder. Ich werde für dich sorgen und stets für dich da sein. Wenn ich Bumo heirate, dann wähle ich dir einen vornehmen Bräutigam aus!«

Das Mädchen senkte den Kopf, aber es widersprach Lossang nicht. Nach einer Weile sagte das Mädchen: »Der Wunsch meines Retters ist mir heilig!« Und schweigend ritten sie lange Zeit nebeneinander her.

Ein Wildbach versperrte ihnen den Weg, aber ein dicker Baumstamm war als Brücke über das reißende Gewässer gelegt worden. Vorsichtig ritten sie beide über die Brücke.

»Wohnt hier jemand?« fragte Lossang, als er auf der anderen Seite den Eingang in eine Höhle entdeckte. Vor der Höhle angekommen, stellte sich der wilde Hengst auf seine Hinterbeine. Man sah, der wilde Hengst hatte Angst. Lossang und das Mädchen schlichen näher und spähten in die Höhle.

Und was die Ohren des Pferdes schon etwas vorher vernommen haben mochten, das hörten nun auch die beiden. Ganz hinten, tief in der Höhle, war ein greuliches Schnarchen und ein fürchterliches Grunzen vernehmbar, das anschwoll, wieder abschwoll und wieder in voller Stärke einsetzte. Ganz vorne aber, in einer Nische beim Eingang der Höhle wurde eine feine Mädchenstimme hörbar: »Halt, halt, tretet nicht näher, euer Leben ist in Gefahr!«

Und da sahen die beiden ein blutjunges Mädchen, das in einen Block geschlossen und offensichtlich hier gefangengehalten wurde.

»Wer bist du denn?« fragte Lossang erstaunt.

»Mein Name ist Meto«, sagte mit tränenerstickter Stimme das Mädchen. »Ich bin hier gefangen. Acht schreckliche Unholde hausen in dieser Höhle, es sind allesamt Menschenfresser!«

»Ja, und wie haben sie dich denn hierhergebracht?« fragte Lossang im Flüsterton.

»Mit meiner Schwester sammelte ich Muscheln am Fluß, da entführten uns die Unholde und brachten uns in diese Höhle. Wenn sie schlafen, fesseln sie meine Schwester hinten in der Höhle und mich hier vorne. Meine Schwester muß die Höhle sauberhalten und ich muß kochen. Jetzt sind sie aber alle betrunken und schlafen ihren Rausch aus«, sagte das Mädchen und hielt Lossang am Ärmel zurück, als er sich weiter in die Höhle hineinwagen wollte.

»Vorsicht!« flüsterte sie, »wenn die Unholde aufwachen, fressen sie uns alle vier!«

Lossang aber gab ihr zu verstehen, daß er keine Angst habe und sie beide aus den Klauen der Unholde befreien wolle.

Da sagte das Mädchen: »Dann lauf schnell an den Unholden vorbei ans Ende der Höhle, dort ist eine Zauberaxt vergraben, der Stiel schaut ein wenig aus der Erde. Hast du diese Axt, dann hast du gewonnen!«

Lossang tastete sich vorsichtig in der Höhle ein Stück weiter, seine Augen gewöhnten sich auch schnell an die Dunkelheit. Da sah er, wie eines der Ungeheuer gähnte und mit sechs Augen verschlafen blinzelte. Da öffnete auch schon das größte und erste Ungeheuer vor ihm seinen Rachen und schnarrte: »Ich rieche Menschenfleisch!«

Lossang war aber glücklich an den schlafenden Unholden vorbeigeschlüpft, erreichte das Ende der Höhle, sah den Stiel im Boden und grub schnell die Zauberaxt aus. Halb im Schlaf murmelte das zweite Ungeheuer: »Da liegt was in der Luft!«

Der dritte Unhold grunzte: »Es riecht hier so merkwürdig, ich bekomme Hunger!«

Lossang prüfte die Schärfe der Zauberaxt. Da wälzte sich das vierte Ungeheuer einmal herum und zischte die anderen an: »Ihr seid ja alle betrunken!«

Das fünfte, sechste und siebte Ungeheuer wälzten sich vor Lachen und grölten: »Und du kannst nicht einmal mehr aufstehen, so betrunken bist du selbst!«

Lossang hatte inzwischen die Schwester Metos entdeckt, sie lag gefesselt auf der Erde im hinteren Winkel der Höhle und deutete mit ihrem Kopf auf das achte Ungeheuer, das sich streckte und reckte, daß man seine Knochen knacken hörte. Da sprang Lossang mit einem Satz mitten in die Höhle und schwang die Zauberaxt über den Köpfen der Unholde.

»Jetzt ist es vorbei mit euch!« rief Lossang, »nun werdet ihr keine Menschen mehr fressen!«

Die Unholde schossen hoch, da sie aber gehörig betrunken waren, torkelten sie, fielen übereinander, traten sich auf die Schwänze und konnten sich nicht gut verteidigen. Lossang holte aus und schlug einem nach dem anderen den Kopf ab. Sieben Menschenfressern machte Lossang den Garaus, aber er hatte nicht gesehen, daß das achte Ungeheuer hinter seinem Rücken herankroch. Da kamen Lossang die Mädchen zu Hilfe. Nachdem er nämlich von dem wilden Hengst gestiegen war, wollte das schöne Mädchen auf dem Zauberpferd nicht untätig sein. Schnell war es abgestiegen, hatte Meto befreit und war mit ihr zu der ebenfalls gefesselten Schwester geschlichen, als die Unholde noch schliefen. Behend lösten sie ihr die Fesseln und sahen dann mit Furcht und Entsetzen, wie Lossang die sieben Ungeheuer erledigte.

»Vorsicht!« rief da plötzlich Meto, »das achte Ungeheuer! Vorsicht, genau hinter dir!«

Da spürte Lossang auch schon, wie ihn fast eiserne Krallen umklammerten und sich in seine Brust gruben. Vor Schmerz ließ er die Axt sinken. Da sprang die eben befreite Schwester zum Herd, riß schnell einen glühenden Feuerhaken aus der Glut und schlug mit ihm auf das Ungeheuer ein. Da lösten sich die schrecklichen Klammern von der

Brust Lossangs, er konnte die Axt ergreifen und dem Ungeheuer den Schädel spalten. Nun waren die Mädchen befreit. Jetzt ging es ans Beratschlagen, was zu tun ist.

»Zuerst wollen wir dir von Herzen danken!« sagten die Mädchen mit Tränen in den Augen. Und sie schlossen in diesen Dank auch das Mädchen ein, das auf dem Wunderpferd gekommen war.

»Nimm diesen Beutel zum Dank«, sagte Meto zu Lossang, »es sind allerlei Heilmittel darin!«

Lossang verbeugte sich und steckte den Beutel in seinen Gürtel. Die Zauberaxt nahm er ebenfalls an sich.

»Nun aber, wie kommen die beiden Mädchen jetzt nach Hause?« fragte Lossang.

Da sagte seine Begleiterin: »Wenn du willst, Brüderchen, bringe ich sie beide nach Hause. Ich nehme den Riesenhengst, der trägt uns alle drei. Wir halten uns aneinander fest und kommen auf ihm auch zu dritt gut voran. Du, Lossang, nimmst das Wunderpferd und reitest etwas voraus. Wenn ich die Mädchen nach Hause gebracht habe, komme ich sofort zurück und hole dich ein!«

Lossang gefiel dieser Vorschlag, und er verabschiedete sich von den Mädchen.

»Folge immer meiner Spur, dann findest du mich schnell wieder!« rief er dem Mädchen zu und schwang sich auf das Wunderpferd.

»Am besten ist es, wenn du bei dem großen Berg dort in der Ferne auf mich wartest!« rief das Mädchen und war mit ihren beiden Schützlingen bald schon am Horizont verschwunden.

Das Wunderpferd ließ sich von Lossang sehr leicht lenken, es trabte munter dahin, und so hatten die beiden den Berg auch bald erreicht, der eben noch weit aus der Ferne herübergegrüßt hatte. Lossang stieg ab und wartete. Friedlich wieherte das Wunderpferd in seiner Nähe, als Lossang auf einem Steine saß und nach dem Mädchen auf dem Riesenhengst Ausschau hielt. Niemand aber kam. Da zogen dunkle Wolken auf am Himmel, ein starker Wind blies über das Land und schwere Regentropfen kündigten an, daß das Wetter umschlug. Wie nun der Wind durch die Mähne des Wunderpferdes strich, sah Lossang plötzlich, daß das Pferd kleiner und kleiner wurde, bis es ganz in sich zusammenfiel und nur noch die Perle übrigblieb, die auf der Erde lag und strahlte.

Lossang war unschlüssig. Ein Reiter ohne Pferd! Allein in den Bergen! Und kein Mädchen in Sicht! Da kam die Sonne hinter den Wolken hervor, bald wurde es warm und gegen Mittag sogar sehr heiß. Lossang suchte Schutz unter den Blättern eines Baumes auf einem kleinen Hügel. Von dort aus konnte er sehen, wie sich ein kleiner Bach durch die Büsche schlängelte. Lossang stieg hinab, um sich in dem kühlen Wasser zu erfrischen. Kaum aber war er am Ufer angekommen, als er auch schon bis zu den Knien im Schlamm steckte. Als er sich zu befreien versuchte, sank er bis zum Gürtel in den Schlamm ein.

»Das hat ja noch gefehlt«, sagte Lossang zu sich selbst, als auch noch ein Schwarm Mücken ihn umschwirrte. Wie er auch um sich schlug, es wurden immer mehr, und er konnte sich der Plagegeister zuletzt gar nicht mehr erwehren. Wie er nun die Mücken mit seinen Händen zu verscheuchen suchte, schlug er auch zufällig an den Beutel, den das Mädchen ihm gegeben hatte. Sagte sie nicht Heilkräuter? Lossang öffnete den Beutel, und der Duft aromatischer Kräuter stieg ihm in die Nase. Da nahm er einige davon heraus, zerrieb sie zwischen den Fingern und strich sich dann mit beiden Händen durch die Haare. Im Nu waren die Mücken verschwunden – und da hörte er auch endlich Hufschläge in der Ferne. Und da sprengte auch schon das Mädchen auf dem wilden Hengst heran.

»Wer badet denn da unten?« rief sie scherzhaft, als sie Lossang im Schlamm stecken sah.

»Das ist ein Bad für Wildschweine!« rief Lossang hilfe-
suchend zurück.

»Und wo ist das Wunderpferd geblieben?« fragte das
Mädchen.

»Das Pferd ist verschwunden, nur die Perle ist noch übrig-
geblieben«, entgegnete Lossang.

Da half das Mädchen dem Jüngling aus dem Schlamm, und
sie gingen beide zurück zu dem Stein, vor dem die strahlende Perle lag.

»Nimm sie an dich«, sagte das Mädchen, »du wirst sie
noch gut brauchen können!«

Lossang steckte die Strahlenperle in seine Tasche, und beide
schwangen sich auf den Rücken des wilden Hengstes. Nach
einer halben Tagesreise kamen sie an eine Weggabelung.

Das Mädchen sagte: »Nun, Brüderchen, wenn du immer
noch an die schöne Bumo denkst, dann trennen sich hier
unsere Wege, sie wohnt gar nicht weit von hier. Frage nur
nach Norbu, das ist Bumos Vater. Wenn du seine Tochter
heiraten willst, wird er dir einige Aufgaben zu lösen geben. Vielleicht aber helfen dir dabei die strahlende Perle
und der Beutel mit den Heilkräutern. Ich wünsche dir viel
Glück, kann dir dabei aber selbst nicht helfen. Ich warte
hier auf dich. Wenn du Erfolg hast, dann werde ich dich
wiedersehen und dich beglückwünschen!«

Und mit einem geheimnisvollen Lächeln verabschiedete
sich das Mädchen von seinem Retter. Lossang war nachdenklich geworden, und er spürte sogar Trauer in seiner
Brust, als er von dem Mädchen wegritt. Aber es galt doch,
die schöne Bumo zu finden, die bisher kein Freier erringen
konnte.

Da tauchten die ersten Häuser eines Dorfes auf. Lossang
stieg ab und führte nun das Pferd am Zügel. Von Haus zu
Haus fragte er nach Norbu, dem Vater von Bumo. Die
Dorfbewohner zeigten ihm den Weg, aber sie warnten ihn,
denn Norbu wolle seine Tochter nicht hergeben.

Als Lossang endlich vor Norbu stand, maß dieser ihn mit prüfendem Blick und sagte: »Weißt du auch, worauf du dich da einläßt? Viele haben es schon bereut, überhaupt hierhergekommen zu sein!«

Stolz sagte Lossang darauf: »Was andere tun, ist nicht meine Sache. Ich bin nicht gekommen, um vor dem Ziel aufzugeben!«

»Das wird sich zeigen«, sagte Norbu, »wir wissen ja noch gar nicht, ob du meiner Tochter überhaupt gefällst!«

»Dann bitte ich dich, sie zu rufen. Ich bin genauso neugierig, wie sie aussieht!«

»Nicht so schnell, junger Mann«, sagte Norbu, »erst einmal will ich wissen, was du kannst und wofür du taugst. Komm gleich mit mir!«

Und er führte Lossang auf einen freien Platz, auf dem ein fahles Pferd stand. Dann befestigte Norbu am Sattel dieses Pferdes eine Kupfermünze mit einem Loch in der Mitte.

»Nun kannst du deinen Hengst holen«, sagte Norbu zu Lossang, »wenn ich in die Hände klatsche, wird mein Pferd davonjagen. Du mußt ihm auf deinem Pferd folgen, es einholen und einen Pfeil genau in das Loch der Münze schießen!«

Da holte Lossang den wilden Hengst und saß auf. Norbu klatschte in die Hände, die Jagd ging los, das fahle Pferd schoß von dannen wie ein Pfeil, aber Lossang holte es ein.

Als geübter Bogenschütze hielt er den richtigen Abstand auf gleicher Höhe mit dem fahlen Pferd und schoß. Da klatschte Norbu erneut in die Hände, das Pferd kehrte um und lief zu seinem Herrn zurück. Der Pfeil steckte genau im Loch der Kupfermünze.

Man merkte, daß Norbu gar nicht sehr erfreut war, als er zugestehen mußte, daß Lossang die Prüfung bestanden hatte.

»Die nächste Probe deines Könnens müssen wir auf morgen verschieben«, sagte Norbu, »denn es wird schon dunkel. Du kannst aber hier übernachten!« Und Norbu zeigte Lossang sein Schlafgemach für die Nacht.

»Tritt nur ein!« sagte Norbu und lachte, als Lossang gleich seinen Kopf an den viel zu niedrigen Türbalken anschlug.

»Dann bis morgen, gute Nacht!« Mit diesen Worten schlug Norbu die Tür zu und kicherte.

Der Raum war stockdunkel, Lossang konnte keinen einzigen Gegenstand erkennen. Sollte ihm Norbu hier eine Falle gelegt haben? Er erinnerte sich an die strahlende Perle, nahm sie aus seiner Tasche, und ein wundersames Licht erstrahlte in dem Raum. Und da sah er auch schon, was Norbu für diese Nacht sich für ihn ausgedacht hatte. An den Wänden saßen überall ganze Schwärme von schwarzen Mücken, von großen Spinnen und Käfern und anderem Ungeziefer, alle saßen sie an den Wänden über ihm und warteten nur, um herabzufallen. Da nahm Lossang schnell den Beutel mit den Heilkräutern aus der Tasche, warf eine Handvoll davon in den Raum und streute den Rest auf sein Lager. Das Ungeziefer verzog sich schleunigst in alle Ritzen und Löcher an den Wänden, in der Decke und auf dem Boden. In aller Ruhe legte sich Lossang nun auf das Bett und schlief auch bald ein.

Am anderen Morgen schlich Norbu sehr früh schon vor das Zimmer Lossangs und legte das Ohr an die Tür, um zu lauschen. Als er längere Zeit keinen einzigen Laut vernahm, öffnete er leise die Tür. Erstaunt darüber, einen hell erleuchteten Raum vorzufinden, fragte er scheinheilig: »Hat mein Gast auch gut geschlafen?«

Lossang erwachte, reckte sich auf seinem Lager und stand auf. »So gut habe ich lange nicht geschlafen. Eine vorzügliche Herberge!«

Und da sah Norbu, daß der Fußboden handbreit mit toten

Mücken und Wanzen bedeckt war. Norbu war ganz kleinlaut geworden.

»Nun steht dir nur noch eine Prüfung bevor. Kein Vater
verliert gerne seine Tochter. Du mußt mir beweisen, daß
dir viel an ihr gelegen ist!«

Da führte Norbu seinen Gast ins Freie auf den Dorfplatz.
Dort waren schon alle Dorfbewohner versammelt.

»Sie wollen alle sehen, ob du diese Prüfung bestehst«,
sagte Norbu.

Da erstarrte Lossang. Was sah er da? In der Mitte des
Dorfplatzes war ein Ring aus Holz und Reisig – und dieser
Ring brannte lichterloh. Mitten in dem Flammenring
stand ein wunderschönes Mädchen. Es trug eine weiße
Kastanienblüte im Haar.

»Das ist Bumo«, riefen die Dorfbewohner, »du brauchst
sie nur aus den Flammen zu holen, und sie ist dein!«

»Sie ist es!« rief Lossang, denn er hatte es genau erkannt,
es war das Mädchen vom Fluß mit dem Eimer.

Da hob auch schon die Schöne in dem Flammenring den
Kopf, schaute Lossang mit verlangenden Augen an, nahm
die Blüte aus ihrem Haar und warf sie ihm über die
Flammen zu. Da riß Lossang die Zauberaxt von seinem
Gürtel, schlug mit ihr einen Weg durch den Flammenring
und trug die Schöne auf seinen Armen aus dem Feuer-
kreis.

Begeistert klatschten alle Dorfbewohner Beifall, glücklich
hing Bumo in den Armen Lossangs, und Norbu seufzte
tief und sagte: »Du hast alle Proben bestanden, meine
Tochter ist dein. Ich könnte mir keinen besseren Mann für
meine Tochter wünschen!«

Und zu Bumo gewandt sprach er: »Ich sehe, du hast deine
Wahl längst getroffen, was du an Mitgift willst, das sollst
du bekommen!«

Da brachte Bumo zwei Eimer aus Birkenrinde herbei, die
von zwei Pfeilen durchbohrt waren. »Dies ist meine lieb-

ste Mitgift, Vater«, sagte Bumo, »denn meinen Bräutigam kenne ich schon lange!«

Da sah Lossang seine schöne Braut von allen Seiten an und sagte: »Wahrhaftig, du bist es, du bist das Mädchen vom Fluß mit den Eimern!«

»Und wer saß auf dem Wunderpferd?« fragte schelmisch Bumo.

»Ist es denn möglich, dieses Mädchen sah genauso aus wie du!«

»Das bin ich auch, du brauchst deiner Schwester also keinen Bräutigam suchen, denn die Schwester bin ich, und der Bräutigam bist du!«

Lossang kam aus dem Staunen nicht heraus. »Dann hast du ja gezaubert und mich alles unterwegs erdulden lassen«, sagte Lossang ernst.

»Wer tief liebt, der kann auch zaubern!« Bei diesen Worten blickte Bumo ihrem Bräutigam tief in die Augen und setzte hinzu: »Vergib mir, ich wollte dich nur prüfen!«

»Dann habe ich dir also von Anfang an gefallen?« fragte Lossang neugierig.

»Ja, ich hatte von dir lange vorher gehört und war neugierig geworden. Dann habe ich es so eingerichtet, daß wir uns am Fluß trafen, und da habe ich mich in dich verliebt.«

Lossang fiel ihr ins Wort und sagte: »Und warum hast du dich dann jedesmal abgewandt?«

Bumo lachte und sagte: »Das können Männer nur schwer verstehen. Verlieben kann man sich leicht, aber man muß auch wissen, welch ein Mensch es ist, mit dem man zusammenleben will!« Bei diesen Worten schaute Bumo ihren Bräutigam liebevoll an und sagte: »Du bist klug und furchtlos und gibst niemals auf, solch einen Mann habe ich mir stets gewünscht, und ihn habe ich nun bekommen!«

Da wieherte vor dem Hause Norbus der wilde Hengst.

»Er freut sich auch«, sagte Lossang, »aber er will nach Hause!«

Da gab Norbu seiner Tochter das schnelle fahle Pferd mit auf den Weg und versprach, die eigentliche Mitgift bald nachzusenden.

Norbu und die Dorfbewohner nahmen Abschied von Bumo und winkten den beiden lange nach, als sie auf ihren schnellen Pferden aus dem Dorf ritten. Als sie die grauen Berge erreicht hatten, kannte der wilde Hengst schon seinen Weg nach Hause selbst, denn in dieser Gegend hatte er selbst lange gelebt.

Zu Hause angekommen, konnten sich die Eltern Lossangs vor Freude kaum fassen: ihr Sohn hatte die schöne Bumo als Braut gewonnen, ein Mädchen, so klug und schön, wie man es sich nicht besser wünschen konnte. Lossang und Bumo lebten von diesem Tage an glücklich zusammen, Lossang ging auf die Jagd, und Bumo sorgte sich klug und umsichtig um das Haus und die Herden.

Die Kuh mit den Hörnern aus Perlmutt

In der Nähe eines Flusses lebte einmal eine Familie, die nur eine Kuh besaß, aber diese war eine besondere Kuh, denn sie hatte Hörner aus reinem Perlmutt.

Eines Tages war die Kuh zum größten Erstaunen der Familie verschwunden. Man suchte überall, aber man fand sie nicht. In dieser Familie gab es drei Töchter, die noch nicht ganz erwachsen, aber doch schon recht selbständig waren. Jedes der drei Mädchen ging nun für sich allein auf die Suche nach der Kuh, denn jedes wollte die Eltern mit der freudigen Nachricht dann überraschen, wenn es die Kuh finden und zurückbringen könnte.

Die älteste Tochter machte sich gleich auf den Weg zu dem nahegelegenen Fluß, traf dort eine alte Frau und fragte diese, ob sie eine allein umherirrende Kuh gesehen hätte.

»Und wie sieht die Kuh denn aus?« fragte die Alte.

Da beschrieb das Mädchen ganz genau die seltene Kuh mit den schimmernden Hörnern aus Perlmutt. Die Alte sagte, daß sie eine solche Kuh nicht gesehen hätte, aber es sei ja möglich, daß sie über den Fluß geschwommen sei und vielleicht in den jenseitigen Uferauen weide.

»Komm mit mir!« sagte die Alte, »mein Haus liegt da drüben über dem Fluß, vielleicht finden wir dort die Kuh.«

Die älteste Tochter ging mit der Alten, und als sie beide deren Haus erreichten, lud diese sie auch noch zum Essen ein. Die Alte setzte dem Mädchen gut gewürztes Fleisch in einer schönen silbernen Schüssel vor.

Das Mädchen langte kräftig zu, wußte aber nicht, daß die Alte ihr Menschenfleisch vorgesetzt hatte. Bald danach kam auch die zweite Tochter an das Flußufer, wo bereits wieder die Alte saß. Höflich fragte sie nach der verschwundenen Kuh, erhielt die gleiche Auskunft und wurde eingeladen, mit nach drüben ans andere Ufer des Flusses zu kommen. Die Alte lud auch die zweite Tochter in ihr Haus ein und setzte ihr in der gleichen Silberschüssel zartes, dampfendes Fleisch vor. Die zweite Tochter aß nach Herzenslust, ohne zu wissen, daß sie Menschenfleisch vor sich hatte.

Inzwischen war auch die jüngste Tochter aufgebrochen, hatte da und dort gesucht und war schließlich ebenfalls an das Flußufer gekommen.

Als dort ein altes Weib auftauchte, fragte die jüngste Tochter: »Kannst du mir helfen? Ich suche nämlich unsere Kuh, sie ist leicht zu erkennen, denn sie hat Hörner aus purem Perlmutt!«

Die alte Frau bedauerte, keine Kuh dieser Art gesehen zu haben, lud aber das Mädchen ein, mit ihr über den Fluß zu kommen, um dort einmal nachzusehen. Bald kamen die beiden zu dem kleinen Haus der Alten. Das Mädchen sah sich gewissenhaft um und bemerkte, daß die Wohnung sehr schäbig war und viele Dinge fehlten, die man sonst in einem Hause anzutreffen pflegt. Da stand nicht einmal der große Teekessel auf dem Herd, der überall in den Häusern so schön vor sich hinsummt, und es war nicht der allerkleinste Hausaltar in der Ecke zu sehen.

»Vielleicht«, so sagte sich die jüngste Tochter, »hat die Alte ihren Hausaltar in einem anderen Raum«, und sie spähte aus, ob sie in dem anderen Zimmer etwas ausmachen könne. Da war aber nichts zu machen, die Tür, die zu dem anderen Raume des Häuschens führte, war fest geschlossen.

Die Alte legte dem Mädchen nun ein paar größere Fleischstücke vor, die sie mit einer langen Gabel aus einem bauchigen schwarzen Kessel hervorholte und ihrem Gast in einer Silberschüssel auftrug. Dies war die gleiche Schüssel, aus der auch ihre beiden Schwestern vor nicht allzulanger Zeit gegessen hatten.

Die jüngste Tochter begann zu essen, bemerkte aber gleich, daß das Fleisch einen ganz eigenartigen Geschmack hatte. Als die Alte nun in den Garten ging, um Feuerholz zu holen, da machte sich in einer Ecke ein kleiner magerer Hund bemerkbar, der schnell zu dem Mädchen herankam und mit leiser, aber menschlicher Stimme um einen Bissen bat.

»Wenn du mir den Rest von deinem Mahl überläßt, sage ich dir auch, wo die verschwundene Kuh geblieben ist«, raunte ihr der Hund ins Ohr, als sich das Mädchen zu ihm hinunterbeugte.

Schnell stellte das Mädchen die ganze Schüssel mit dem Fleisch auf den Boden, und der Hund begann hastig zu fressen. Als er die Silberschüssel leergefressen und auch noch ausgeleckt hatte, verriet er dem Mädchen, daß hinter der Tür gegenüber nicht nur die gesuchte Kuh, sondern auch die beiden anderen Schwestern eingesperrt seien.

Die jüngste Tochter wollte dies zuerst gar nicht für möglich halten, aber der Hund fuhr fort: »Die Alte ist eine Hexe, sie ernährt sich von Menschenfleisch und will auch dich in ihrem bauchigen schwarzen Kessel zubereiten.«

Die jüngste Tochter erschrak, wie sie noch nie in ihrem Leben erschrocken war. Die Stimme des Hundes war so freundlich, sein Wesen so zutraulich, daß sie Vertrauen zu ihm faßte und eilends fragte: »Was kann ich bloß tun, wenn die Alte sogleich hereinkommt?«

»Du mußt sie sofort töten, sonst bist du verloren und mit dir deine Schwestern und die Kuh!«, sagte mit fester Stimme der Hund.

Schnell ergriff die jüngste Tochter ein großes Messer, das neben dem Kessel lag, und versteckte sich hinter der Tür. Als die Hexe hereinkam, packte die jüngste Tochter sie bei den langen strähnigen Haaren und schnitt ihr die Kehle durch. Die Hexe sank leblos zu Boden. Nun versuchte die jüngste Tochter sofort, die Gefangenen zu befreien, aber die Tür war so fest verschlossen, daß sie zuletzt hilflos die Arme sinken ließ.

Da kam ihr wieder der Hund zu Hilfe, er schnupperte an einer der Schürzentaschen der Hexe herum und zog schließlich den Schlüssel zu der Tür daraus hervor. Als die jüngste Tochter nun die Tür aufschloß, fielen ihr die beiden Schwestern, weinend vor Freude, um den Hals.

Sie hatten beide Todesängste ausgestanden. Die Kuh wurde ebenfalls befreit, auch sie wäre eines Tages von der Hexe geschlachtet worden. Als die Mädchen daraufhin das Haus durchsuchten, fanden sie eine Menge Gold und kostbare Juwelen, die sie mit sich nach Hause nahmen.

Der hilfreiche Hund durfte ebenfalls mit ihnen nach Hause und wurde ihr guter Freund. Nun brauchten sie keine Sorge mehr zu haben, daß sich die Kuh mit den Hörnern aus Perlmutt wieder verlaufen könnte, denn der Hund paßte jetzt auf und war bald zu einem treuen Hüter des Hauses geworden.

Die Fee und der Prinz

In einem fernen Lande lebte einmal ein junger Prinz, der war wild und ausgelassen, im Grunde seines Herzens aber ein guter Mensch.

Eines Tages war der Prinz auf das flache Dach seines Schlosses gestiegen und vertrieb sich die Zeit mit Vogelschießen. Da sah er vom gegenüberliegenden Dorf ein altes Mütterchen heranhumpeln mit einem Wasserkübel auf dem Rücken. Mutwillig hob der Prinz seine Schleuder, zielte auf den Wasserkübel der alten Frau und schoß eine Steinkugel hinüber. Peng, der Kübel hatte ein Loch, und das Wasser sprudelte auf die Erde.

Zornig hob die alte Frau den Kopf und hielt nach dem Übeltäter Ausschau. Sie wollte eben tüchtig schimpfen, da gewahrte sie den Prinzen auf dem Dach des Schlosses. Schnell verschluckte sie die Worte, die ihr auf der Zunge lagen. Wagte sie auch nicht zu schimpfen, so schmerzte sie das angetane Unrecht doch sehr. Sie setzte sich auf die Erde und streichelte ihren Wasserkübel.

Der Prinz sah es und merkte nun, was er angerichtet hatte. Schnell eilte er zu der Frau, tröstete sie und besserte mit einem Holzstück den Kübel aus. Dann nahm er das Gefäß, ging damit zum Fluß, füllte es bis zum Rand, brachte es zurück und hob es dem Mütterchen wieder auf den Rücken.

Er begleitete sie nach Hause und stützte sie hilfreich.

Die alte Frau vergaß ihre Unbill; ihr Schmerz hatte sich bald in Freude gewandelt.

»Prinz«, sagte sie zu ihm und blickte ihn mit dankbaren

Augen an, »dein Herz ist edel und gut. Ich wünsche dir, daß Drolmakyid einmal deine Gattin wird.«

Drolmakyid? Von ihr hatte der Prinz noch nie gehört.

»Großmutter, wer ist denn Drolmakyid? Wo lebt sie? Ist sie schön?«

Die Alte spürte, daß des Prinzen Neugierde erwacht war, und erklärte ihm: »Drolmakyid ist eine unvergleichlich schöne Fee, aber sie wohnt weit, weit weg von hier.«

Kaum hatte die alte Frau diese Worte ausgesprochen, stand bei dem Prinzen auch schon der Entschluß fest, um diese Fee zu werben.

»Aber Großmutter, wo finde ich sie denn? In welcher Gegend muß ich nach ihr suchen?«

Die Alte erkannte, daß des Prinzen Absicht aufrichtig war und verriet ihm das Geheimnis:

»Drolmakyid lebt fern von hier in einer dir unbekannten Gegend. Auf dem allerschnellsten Roß brauchst du bis zu ihr zehn volle Tage. Du darfst dir bei diesem Ritt keine Rast gönnen, Tag und Nacht mußt du weiterreiten. Am Ende des zehnten Tages wirst du an einen dichten Orangenhain kommen, in dessen Mitte ein besonders schöner Orangenbaum steht. Nun bist du bei Drolmakyid, aber du kannst sie nicht sehen. Besteige den Baum und suche unter allen Früchten einen Goldapfel. Diese Frucht ist so groß wie ein Hühnerei und verbreitet goldene Strahlen. Diesen Goldapfel pflücke ab und stecke ihn in die Tasche. Dann aber steige aufs Pferd und reite davon. Suche sofort das Weite und blicke dich nicht mehr um! Du darfst aber auch die Orange unterwegs nicht schälen, um zu sehen, was darin ist. Sonst kann es nämlich geschehen, daß Drolmakyid dir davonfliegt.«

Der Prinz dankte dem Mütterchen mit vielen herzlichen Worten und wollte sich von ihr verabschieden, da gab sie ihm noch einen guten Rat: »Damit du nicht in einen fürchterlichen Sturm gerätst oder in ein anderes Unglück rennst, befrage den Wahrsager, bevor du aufbrichst. Er soll dir einen günstigen Tag für die Reise aussuchen.«

Der Prinz ging zum Schloß zurück, fand aber keine Ruhe. Am liebsten wäre er auf dem erstbesten Pferd davongestürmt. So lief er mit seinem Geheimnis wie eine Ameise auf einem heißen Kessel herum. Mit seinem Vater wagte er das Unternehmen nicht zu besprechen, denn er fürchtete, sein Vater könnte ihn davon abhalten. Als die Sonne hinter die Berge getaucht war und alle im Schloß zur Ruhe gegangen waren, lief der Prinz zu den Ställen, wählte ein edles weißes Pferd aus, schwang sich hinauf und galoppierte aus dem Schloßhof. Einen Wahrsager erst noch zu befragen, dauerte ihm viel zu lange, so jagte er auf seinem Schimmel in die Richtung davon, die ihm das alte Mütterchen gewiesen hatte.

Das Roß war vorzüglich. Ohne Rast sprengte es voran. Über schneebedeckte Berge und Gletscher ging der Ritt, reißende Ströme mußten überwunden, weite Steppen durchquert werden. Am Abend des zehnten Tages gelangte der Prinz an einen Orangenhain von üppig grüner Pracht. Er ließ das Pferd Schritt gehen und ritt langsam in den Hain. In der Mitte des Gartens stand ein mächtiger Orangenbaum. Nie zuvor hatte der Prinz einen solch herrlichen und stattlichen Baum gesehen. Wie ein König der Bäume ragte er hervor. Aus seinen Zweigen und Blättern leuchteten goldgelb die Früchte in verschwenderischer Fülle.

Der Prinz dachte: »Nur dieser kann es sein!« und war auch schon mit einem Satz vom Pferd gesprungen. Sogleich kletterte er auf den Baum und stieg bis in die Krone.

Da blitzte ihm plötzlich, als er nach allen Seiten Ausschau hielt, aus dem dichten Blättergewirr etwas entgegen. Der Prinz tastete sich vorsichtig durch das Geäst und erspähte eine Orange, die in goldenem Glanz erstrahlte und nicht größer war als ein Hühnerei. Da stieß er einen Jubelschrei aus, drang im Gezweig vor und pflückte vorsichtig diesen Goldapfel. Kaum hatte er die wunderbare Orange in der Tasche an seiner Brust geborgen, da brach eine undurchdringliche Finsternis herein, ein Sturm heulte los, überschüttete ihn mit Sand und Steinen, und der Orangenbaum schwankte und schaukelte gefährlich hin und her.

Da fiel dem Prinzen ein, daß er die erste Mahnung der alten Frau in den Wind geschlagen hatte. Ohne den Rat eines Wahrsagers hatte er sich in das Abenteuer gestürzt. Nun blieb ihm nichts anderes übrig, als sich fest an die Äste zu klammern und das Ende des Sturmes abzuwarten. Der Sturm aber schwoll weiter an. Die Äste bogen sich, der Prinz verlor den Halt, stürzte in die Tiefe und blieb besinnungslos liegen. Als er nach längerer Zeit wieder zu sich kam, waren Sturm und Finsternis vorüber. Er wußte nicht, wie lange er so dagelegen hatte. Friedlich graste der Schimmel an seiner Seite.

Der Prinz fuhr mit der Hand zur Brust. Die Orange war noch wohlgeborgen in seiner Tasche. Die Freude des Prinzen war groß. Es erschien ihm aber zu gewagt, länger an diesem Ort zu weilen. Schnell schwang er sich auf sein Pferd und jagte wie ein Pfeil durch die Bäume und aus dem Hain hinaus. Gar zu gerne hätte er nun sogleich die Orange geöffnet, um zu sehen, wie Drolmakyid wohl aussähe, aber er bezwang sich. Die Mahnung der alten Frau war ihm wieder eingefallen, und so zog er jedesmal die Hand zurück, wenn er voller Neugierde in die Tasche gegriffen hatte.

Tag um Tag und Nacht um Nacht ritt er dahin. Am Abend des zehnten Tages tauchte in der Ferne das väterliche Schloß auf. Überglücklich begrüßte der Prinz die Heimat, und nun war es mit seiner Beherrschung vorbei. Er öffnete seine Tasche, holte die Orange hervor und brach die goldleuchtende Schale auf.

Ein blendender Lichtstrahl zuckte aus dem Innern hervor,

und er sah mitten im Kranz goldener Strahlen ein wunderschönes Mädchen in der Orange sitzen.

Noch hatte er kein Wort mit der Fee gesprochen, da erhob sich ein schrecklicher Sturm, ein Tosen und Heulen, daß dem Prinzen Hören und Sehen verging. Bebend schloß er die Frucht. Er erkannte: Noch war er nicht ganz zu Hause, noch war er unterwegs, die alte Frau hatte wieder einmal recht behalten. Er tätschelte seinem Pferd den Hals, trieb es zu einem letzten Galopp an, durchbrach den Sturmring und ritt wohlbehalten in den Schloßhof ein. Von allen Seiten tönten freudige Rufe: »Der Prinz ist da! Der junge Herr ist zurück! Er ist wiedergekommen!«

Die Eltern waren außer sich vor Freude, hatten sie doch in den vergangenen Wochen voller Sorge Leute in alle Richtungen gesandt, die ihren Sohn suchen sollten. Man hatte die Priester um Fürbitte gebeten, hatte die Götter angefleht, aber von keiner Seite war den betrübten Eltern Kunde von ihrem Sohn geworden. Der Aufregung folgte die Trauer über das spurlose Verschwinden des jungen Mannes. Und nun war er wiedergekommen. Haarklein ließen sie sich alles von ihm erzählen. Beide waren so froh über seine Rückkehr, daß sie ihm keine Vorwürfe machten. Da faßte der Prinz Mut und bat seine Eltern um das Jawort zu seiner Vermählung mit Drolmakyid. Bei der Aussicht, ihren Sohn mit einer Fee vermählen zu können, willigten Vater und Mutter gern ein und setzten gleich einen Tag für die Hochzeit fest.

Unter größtem Staunen und allgemeiner Freude wurde die Orange geöffnet, ein winziges Mädchen stieg heraus und stand mit einem Mal als hübsche Braut in menschlicher Größe vor allen, die sie bewundernd betrachteten. Kein anderes Mädchen weit und breit konnte es mit der Schönheit von Drolmakyid aufnehmen. Ihre Gestalt war feenhaft zart und ihr Antlitz von zaubernder Anmut.

Die Eltern schlossen die Schwiegertochter sogleich in ihr

Herz und bestimmten, daß nach des Landes Brauch und Sitte eine passende Zofe ausgewählt werden sollte. So trafen schon bald aus allen Teilen des Landes zahlreiche Mädchen im Königsschloß ein. Da erschienen hochgewachsene und kleingeratene Mädchen, zierliche und dralle, Mädchen mit rauher Haut und reizend schöne.

Man wählte und verglich, man erwog und verwarf, aber kein Mädchen genügte den Wünschen, denn keine konnte sich mit der engelsschönen Braut vergleichen. Am letzten Tag der Zofenwahl erschien ein Mädchen am Königshof, das man für die leibliche Schwester der Braut halten konnte. Ihr Wuchs und ihre Bewegungen glichen so sehr Drolmakyid, daß sie nach kurzer Beratung zur Zofe erkoren wurde.

Niemand ahnte, daß dieses Mädchen eine Hexe war, abgrundtief böse und voll teuflischer Pläne, die sie in den ersten Wochen tückisch verbarg.

Der Prinz hatte Drolmakyid sehr liebgewonnen, und sie waren nach der Hochzeit ständig zusammen. Die Zofe war eine fürsorgliche Dienerin und schien nur das Glück der beiden im Auge zu haben – so glaubten alle am Königshof.

Der Prinz und seine junge Frau vergnügten sich des öfteren bei heiterem Spiel im Garten. Die Hexenzofe war stets dabei. Da überfiel eines Tages den Prinzen im Garten die Müdigkeit, er legte das Haupt in die Arme seiner Frau und schlief ein. Als die Hexe den Prinzen schlummern sah, faßte sie einen bösen Entschluß. Sie wandte sich lachend an Drolmakyid:

»Liebe Prinzessin, alle preisen deine Schönheit, doch ich möchte wetten, daß ich noch schöner bin. Glaubst du es nicht? Wir können ja, solange der Prinz schläft, zum Strand hinunter laufen und im Wasser unser Spiegelbild ansehen. Da können wir vergleichen, wer die Schönere von uns beiden ist!«

Drolmakyid lachte, und da sie sich selbst für die Schönste hielt, willigte sie in das Spiel ein: »Wenn du unbedingt willst, dann laß uns gleich am Strand den Wettbewerb austragen!«

Leise und behutsam bettete Drolmakyid den schlafenden Prinzen ins Gras, faßte ihre Zofe bei der Hand und lief gemütlich lachend mit ihr zum Ufer des Sees hinunter.

Als sie sich nun über das Wasser beugten, sahen ihnen wahrhaftig Zwillingsschwestern als Spiegelbild entgegen. Es war nicht leicht, die beiden allerliebsten Geschöpfe auf den ersten Blick zu unterscheiden. Beim genaueren Zusehen aber blieb kein Zweifel: die Würde und Natürlichkeit Drolmakyids war mit ausgesuchter Anmut gepaart; die Prinzessin war schöner als die Zofe.

Die Hexe mußte sich selbst eingestehen, daß sie diesem Vergleich nicht gewachsen war. Aber sie gab sich nicht etwa geschlagen, sondern behauptete kühn:

»Liebe Prinzessin, du bist keineswegs schöner als ich. Deine Gewänder und dein Schmuck lassen dich nur schöner erscheinen. Kostbare Seide trägst du und Kleider aus Yakwolle, und du kannst mit Perlen und Edelsteinen aufwarten. Dagegen bin ich bescheiden angezogen, ja, man könnte fast sagen, daß ich dagegen nur häßliche Fetzen anhabe. In deinen Gewändern und mit deinem Schmuck wäre ich bestimmt schöner als du!«

»Wir können ja die Kleider tauschen!« sagte Drolmakyid, die die verborgene Absicht ihrer Zofe nicht erkannte. Bei sich dachte die Prinzessin: »Was immer ich auch anziehe, ich bin und bleibe schöner als die Zofe.«

Arglos tauschte Drolmakyid die Kleider. Da deutete die Hexe auf das Spiegelbild im Wasser und rief: »Komm her und schau in den Spiegel: Jetzt zeigt sich, wer wirklich die Schönere ist.«

Drolmakyid trat ans Wasser und betrachtete die Abbilder, die ihr entgegenschauten. Da gab ihr die Hexe mit beiden

Händen von hinten einen kräftigen Stoß, das Wasser spritzte nach allen Seiten auseinander, und Drolmakyid sank in die Tiefe. Bald sah man nur noch einige Bläschen an die Oberfläche des Sees steigen, dann war alles totenstill. Die Hexe brach in höhnisches Lachen aus und kehrte dann in den Garten zu dem Prinzen zurück.

Mit weichen Händen bettete sie den Schlafenden an ihre eigene Brust und ließ ihn weiterschlummern. Erst nach einiger Zeit erwachte der Prinz. Schlaftrunken schlug er die Augen auf und stammelte: »Bin ich denn eingeschlafen? Habe ich in deinen Armen geschlummert?«

Die Hexe ahmte die Stimme Drolmakyids nach und antwortete: »Mein Prinz, du hast gut geschlafen, es ist aber längst Zeit, nach Hause zu gehen!«

»Wo ist denn die Zofe geblieben?« fragte er, denn er vermißte sie sogleich, war sie bisher doch nie von der Seite der Prinzessin gewichen.

»Ach«, entgegnete die Hexe, »die Zofe habe ich schon nach Hause geschickt.«

Dem Prinzen kam an seiner Gemahlin einiges sonderbar und fremd vor, doch er konnte sich nicht erklären, was es war. Wie er sie so anstarrte und in ihren Zügen forschte, wurde die Hexe unter seinem prüfenden Blick unruhig. Sie lachte verlegen und fragte: »Mein Prinz, was schaust du mich dauernd so an?«

»Deine Stimme und dein Mienenspiel sind anders als sonst. Mir scheint, du hast dich verändert.«

Die Hexe war um eine Ausrede nicht verlegen und sagte leichthin: »Ich bin doch deine Fee. Wenn ich länger unter Menschen lebe, verändere ich mich.«

Der Prinz ließ sich durch diese Worte täuschen und ging der Sache nicht weiter auf den Grund.

Wenige Tage später kam ein Pferdeknecht zur Tränke an das Seeufer und gewahrte weit draußen auf dem Wasser einen goldenen Schein. Als er genauer zusah, war es eine goldene Lotosblume, die mitten aus dem See hervorwuchs und im Winde schwankte. Eine goldene Lotosblume hatte der Knecht noch nie gesehen, und gleich berichtete er dem Prinzen davon.

Der Prinz merkte in diesen Tagen, daß sich seine Gemahlin sehr verändert hatte. Sie war nicht mehr so sanft und liebenswert wie früher, und das betrübte ihn. Die Nachricht des Pferdeknechtes versetzte den Prinzen plötzlich in Aufregung und große Ungeduld. Er eilte an den Strand. Vor seinen Augen lag nur die weite Wasserfläche, von einer goldenen Lotosblume war nirgendwo etwas zu sehen. Am nächsten Morgen war er schon bei Sonnenaufgang zur Stelle. Vor ihm trieben zwar die grünklaren Wellen ihr plätscherndes Spiel, aber die Blume zeigte sich nicht.

Am dritten Morgen begann der Prinz zu zweifeln. Hatte der Pferdeknecht trübe Augen oder wollte er ihn gar irreführen? Er stellte den Mann zur Rede, doch der schwor beim segenspendenden Buddha, er habe wirklich und wahrhaftig eine goldene Lotosblume gesehen.

Schließlich sagte der Knecht: »Mein Prinz, die Sache ist merkwürdig. Vielleicht hält sich die goldene Lotosblume vor Euch verborgen, vielleicht fürchtet sie sich vor Euch. Zieht doch morgen früh meine Kleider an und versucht es noch einmal am See!«

Der Vorschlag gefiel dem Prinzen, und er lieh sich die Kleider seines Knechtes.

Kaum waren am nächsten Morgen die ersten Lichtstreifen am Horizont sichtbar geworden, da führte der Prinz, als Knecht verkleidet, sein weißes Roß an den Strand. Und nun sah er bei der aufsteigenden Morgenröte ganz deutlich eine goldene Lotosblume aus dem Wasser ragen. Er fühlte sich bezaubert von der Blume und mußte immer zu ihr hinsehen. Dem Prinzen war es, als habe er sie schon einmal gesehen, nur wußte er nicht, wann und wo das gewesen sein mochte. Er faltete die Hände zum Gebet und neigte sein Haupt: »Segenspendender Buddha, wenn diese Lotosblume mit meinem Schicksal verknüpft ist, dann gib sie mir zum Geschenk!«

Nach diesem Gebet stürzte sich der Prinz in das Wasser. Er war ein guter Schwimmer. Mit kräftigen Armen schwamm er weit hinaus. Ihm war, als winkte ihm die goldene Blume zu; als er näher kam, wiegte sie sich im Winde. Er pflückte sie und brachte sie wohlbehalten ans Ufer. Ein Glücksgefühl überkam ihn. Im Tempel des Schlosses stellte er eine goldene Vase auf, in die er die goldene Lotosblume steckte. Trost ging von ihr aus, so daß er keinen Schritt von ihr wich und Tag und Nacht bei ihr im Tempel wachte.

Der Hexe war dies alles nicht verborgen geblieben. Ihre Verschlagenheit war groß, und unstet schweiften ihre Blicke hin und her. Sie durchschaute sofort, daß die goldene Lotosblume niemand anders war als die verwandelte Fee. Nur daher kam die hinreißende Schönheit dieser Blume, nur daher die hingebende Liebe des Prinzen. Voller Haß und Eifersucht ersann die Hexe einen neuen teuflischen Plan.

Die Gelegenheit, ihn auszuführen, erhielt die Hexe, als der Prinz auf die Jagd ging, um sich zu zerstreuen. Sie eilte in den Tempel, riß die goldene Lotosblume aus der goldenen Vase und lief zu einer weit entfernten Schlucht, zu der kaum je ein Mensch kam. Dort schichtete sie einen großen Reisighaufen auf, zündete ihn an und warf die goldene Lotosblume in die lodernden Flammen. Die Blume verdorrte im Feuer, färbte sich pechschwarz und sank zu einem kleinen Aschenhäuflein zusammen. Die falsche Fee lachte boshaft und kehrte ins Schloß zurück.

Einige Tage gingen ins Land, da sproß aus dem Aschenrest der Lotosblume ein zarter, grüner Keim hervor. Berührte der Wind den Keim oder traf ihn das Sonnenlicht, so wuchs er zusehends. Ja, man hätte ihn tatsächlich wachsen sehen können, denn er wuchs in wenigen Tagen zu einem über vierzig Meter hohen Walnußbaum heran. Nicht einmal drei Männer konnten seinen Stamm umspannen. Unzählige, eigroße Walnüsse rankten in seinem blätterreichen Geäst. Die Hexe aber war auf der Hut. Selbst im Schlafe noch plagte sie die Angst vor einer neuen Wandlung Drolmakyids.

Seitdem sie die goldene Lotosblume verbrannt hatte, hatte sie keine ruhige Minute mehr. Nach wenigen Tagen lief sie wieder zu der weit entlegenen Schlucht, um nachzusehen, ob sich dort etwas ereignet habe. Totenblässe überzog ihr Gesicht: Kerzengerade und wuchtig wuchs zwischen dem Feldgestein ein herrlicher Walnußbaum in üppigem Blätterschmuck. Es gab keinen Zweifel: Dies war eine neue Verwandlung der Prinzessin.

Die Hexe dachte sich einen neuen niederträchtigen Plan aus. Sie eilte ins Schloß zurück und ließ sich dort nichts anmerken. Am Abend setzte sie sich zum Prinzen und erzählte mit scheinheiligem Gesicht: »Mein Prinz, heute kam ich beim Spaziergang in eine abgelegene Schlucht. Dort wächst ein mächtiger Walnußbaum mit einer Unmenge von Früchten. Man würde es dir sicher als gute Tat anrechnen, wenn du die Walnüsse an deine Untertanen verschenken wolltest.«

Dem Prinzen gefielen diese Worte, er hielt sie für den Ausdruck von Menschenfreundlichkeit und gesunder Vernunft. Schon am anderen Tag erließ er eine Botschaft an das Volk: »Ich, der Prinz, verschenke die Walnüsse in der Felsschlucht an meine Untertanen. Wer kommt, kann selbst pflücken!«

Die Botschaft war kaum unter die Leute gekommen, da geriet Bewegung in die große Schar der Untertanen. Von allen Seiten des Landes brachen sie zu der Felsschlucht auf, jeder wollte der erste sein, keiner wollte das prinzliche Geschenk verpassen. In der sonst so einsamen Schlucht wimmelte es bald von Menschen. Die einen pflückten die herrlichen Nüsse, die anderen schlugen sie einfach vom Baum herunter. In weniger als einem halben Tag waren alle Äste und Zweige kahlgeerntet. Sobald sich die Menge am Abend verlaufen hatte, befahl die falsche Prinzessin den Soldaten, den Baum zu fällen und das Holz zu verbrennen. Das Riesenfeuer loderte drei Tage und drei Nächte, dann sank es in sich zusammen und erlosch.

Zu der Zeit, als dies alles geschah, wohnten eine Mutter und ihr Sohn in einer armseligen Hütte hinter dem Schloß des Königs. Jeden Tag zog der Sohn mit den Schafen die Berge hinauf, wo sie wohlschmeckende Gräser und Kräuter fanden. Die Mutter besorgte das Haus, trug Wasser herbei und kochte das Essen. Viel hatten die beiden nicht, und manches Mal gingen sie hungrig zu Bett.

An jenem Tag, als alle Leute zum Walnußpflücken in die Schlucht gelaufen waren, hütete der Sohn wie immer die Schafe in den Bergen und kam erst kurz vor der Dunkelheit nach Hause. Als er nun von dem großen Ereignis des Tages hörte, ließ er sofort sein Essen stehen und lief zu der Schlucht, so schnell er konnte. Dort waren aber alle Nüsse schon gepflückt, die Leute waren fort, er war allein. Mit leeren Händen wollte er jedoch nicht nach Hause kommen, und so suchte er die ganze Schlucht Schritt für Schritt ab.

Seine Mühe war nicht vergeblich. In einem Felsspalt entdeckte er noch eine einzige Walnuß, und zwar eine besonders große. Die Nuß war rund wie eine Kugel und zeigte ein wunderbar frisches Grün. Obwohl ihn die Nuß sehr verlockte, aß er sie doch nicht, sondern brachte sie heim zu seiner Mutter und sagte: »Ein Geschenk vom Prinzen! Hier, Mutter, diese Nuß ist für dich!«

Die Walnuß strömte einen feinen, geheimnisvollen Duft aus. Die Mutter bestaunte sie gehörig, aber sie aß sie auch nicht, sondern wollte sie für den Jungen aufheben und dachte bei sich: »Er hat es doch so hart. Am Morgen muß er immer früh aufstehen, und am Abend kommt er spät ins Bett.« Und sie legte die Walnuß auf das Fensterbrett.

Am nächsten Morgen füllte der Junge wieder Gerstenmehl in seinen Beutel und brach in aller Frühe mit seinen Schafen in die Berge auf. Die Mutter machte sich im Hause zu schaffen. Bald war es Mittag, und sie begann, das Essen herzurichten. Mit dem Wasserkübel auf dem Rücken, stieg sie zum Ufer hinunter, um Wasser zu holen. Sie staunte nicht schlecht, als sie wieder ins Haus trat. Auf dem Tisch stand das Essen, alles war schon fertig, und eine Kanne Tee summte lustig auf dem Ofen.

Die Frau erschrak, rief nach dem Unbekannten, sie lief ums Haus, sie fragte alle Nachbarn, keiner hatte einen Menschen kommen oder gehen sehen.

Der Sohn kam abends nach Hause und hörte staunend den Bericht seiner Mutter. Das Wunder wiederholte sich drei Tage hintereinander. Mutter und Sohn waren sprachlos, aber sie wollten dem Geheimnis unbedingt auf die Spur kommen. Deshalb beschlossen sie, sich am nächsten Tag auf die Lauer zu legen.

Am anderen Morgen schulterte der Sohn seinen Beutel, wie immer gefüllt mit Gerstenmehl, und die Mutter nahm den Kübel auf den Rücken, nachdem sie genug Weizen für das Essen gemahlen hatte. Beide ließen sich nichts anmerken, doch sie gingen nicht weit vom Haus fort, sondern kehrten bald um und schlichen zu ihrer Hütte zurück. Der Sohn kletterte auf das Dach, um durch die Luke in die Stube zu spähen, und die Mutter versteckte sich draußen vor der Tür.

Da geschah in der Stube etwas Unerwartetes. Der Sohn sah durch die Luke, die Mutter durch einen Spalt in der Tür: Auf dem Fensterbrett platzte die kugelrunde, jadegrüne Walnuß mit einem leisen Knall in zwei Hälften, goldenes Licht blitzte auf, und aus dem Innern schwebte, groß und größer werdend, ein allerliebstes Mädchen hervor. Es setzte die zarten Füße auf den Boden, rollte die Ärmel in die Höhe und machte Feuer. Alles, was sie anpackte, war schnell getan. Mit geschickten Händen hatte sie bald das Essen bereitet. Die beiden Lauscher waren erstaunt und sprachlos.

»Dieses liebliche Kind habe ich noch nie gesehen«, sagte sich die Mutter. »Wie kommt das alles bloß, und was hat es mit der geheimnisvollen Nuß auf sich?«

Das Mädchen räumte bereits die Stube auf und wandte sich wieder dem Fensterbrett zu, um in die Walnuß zurückzukehren. Da stieß die Mutter die Tür auf, stürzte in die Stube, hielt mit jähem Griff das Mädchen fest und fragte: »Wer bist du? Bist du eine Fee oder ein Gespenst des Bösen?«

»Ich bin kein Gespenst, ich bin die Fee Drolmakyid«, antwortete das liebliche Mädchen.

»Eine Fee! Ja, nur eine Fee kann so gut und so lieb sein! Wie kommt es aber«, fragte die Mutter, »daß du in einer Walnuß wohnst?«

Das liebliche Mädchen seufzte tief, sah die beiden traurig an und erzählte, was man ihr angetan hatte.

Die Erzählung rührte die alte Frau. Unter Tränen sagte sie zu Drolmakyid: »Ich bin nur eine arme Frau und lebe mit meinem Sohn in diesem Häuschen. Wenn du willst und unsere Armut dich nicht stört, dann bleibe bei uns! Wohne bei uns und sei meine Tochter!«

»Welch große Liebe von dir, Mütterchen!« sagte Drolmakyid. »Ich will gern deine Tochter sein, aber ihr müßt beide schweigen können und dürft keiner Menschenseele etwas verraten!«

Mutter und Sohn versprachen es, und so gehörte Drolmakyid zur Familie. Sie half der Mutter bei den Hausarbeiten und las ihr jeden Wunsch von den Augen ab. Niemals aber ging sie aus dem Haus, nie ging sie Wasser holen oder

Brennholz sammeln, denn sie fürchtete, es könnte sie jemand sehen.

Die Tage flossen ruhig dahin. Friedlich und glücklich lebten die drei in ihrem Häuschen. Eines Tages trug die Mutter Drolmakyid auf, die Möhren zum Trocknen auf das Dach zu legen. Drolmakyid zögerte, denn vom Königsschloß aus konnte man das Dach der Hütte sehen. Das Schloß lag gleich gegenüber. Sollte die Hexe sie je entdecken, war nicht abzusehen, was daraus Böses folgen konnte. Einerseits wollte sie der Hausmutter den Wunsch nicht abschlagen, andererseits wünschte sie sehnlichst, den Prinzen einmal wiederzusehen. Das Verlangen nach ihrem Gemahl glühte ständig in ihr.

Um ihr Antlitz zu verbergen, setzte sie einen breitrandigen Strohhut auf, stieg auf das Dach und legte die Möhren zum Dörren aus. Insgeheim lugte sie dabei zum Schloß hinüber und hoffte, der Prinz möge am Fenster stehen.

Da wollte es das Unglück, daß die Hexe nach dem Mittagsmahl den Ausblick vom Schloßdach genießen wollte. Sie lehnte am Geländer und ließ ihre Blicke in die Runde schweifen. Der Tag war sonnig, aber auch windig. Unversehens brauste in diesem Augenblick ein heftiger Windstoß heran und riß Drolmakyid den Strohhut vom Kopf. Der gleiche Windstoß erreichte auch die Hexe und blies ihr kräftig um die Ohren, so daß sie Kopf und Schultern einzog. Sie blickte in die Richtung, aus der der Windstoß gekommen war und sah auf das Dach des Häusleins. Das Blut stockte ihr in den Adern.

»Drolmakyid. Sie ist nicht tot? Wie ist das möglich? Aber diesmal soll es gelingen!«

Sogleich hastete sie grausam entschlossen die Treppe hinab und befahl acht Palastdiener zu sich. Streng gab sie ihnen die Weisung: »Auf zur Hexenjagd! Dort drüben seht ihr eine ärmliche Hütte. Darin versteckt sich ein bestrickend schönes Mädchen. Es ist eine Hexe. Von ihr droht dem

König und uns allen großes Unglück. Fesselt sie mit Strikken und bringt sie weit an einen fernen Ort. Dann schichtet einen Scheiterhaufen auf und verbrennt sie. Hexen müssen stets bei lebendigem Leib verbrannt werden. Sodann streut ihre Asche in alle vier Winde! Nur so können Frieden und Ruhe in diesem Lande erhalten bleiben. Dann wird man auch eine reiche Getreideernte einbringen!«

Die Palastdiener stürzten in das Häuschen der armen Frau. Sie suchten Drolmakyid. Empört fiel die Mutter den Eindringlingen in den Arm. Aber alles Weinen und Klagen half nichts. Die Palastdiener stießen die alte Frau zu Boden. Sie fesselten das Mädchen und nahmen es auf die Schultern. Drolmakyid ließ alles stumm und ohne Widerstand über sich ergehen. Sie wußte, daß dies ein neuer Teufelsplan der Hexe war.

»Verzage nicht, Mütterchen«, tröstete sie die alte Frau. »Ich komme bestimmt wieder!«

Da lachten die Palastdiener und zogen mit ihrem Opfer von dannen.

Auf einem abgelegenen Platz war auf Weisung der falschen Prinzessin ein riesiger Scheiterhaufen errichtet worden. Drolmakyid wurde ins Feuer geworfen. Wild züngelten die Flammen zum Himmel empor. Mit einem Gesicht wie aus Stein stand die tückische Zofe dabei. Ein dichter Rauchstreifen quirlte aus der Glut hervor, das Feuer schien sich noch einmal aufzubäumen und sank nach einer Weile in sich zusammen. Die Diener streuten die Asche in alle Winde, und die Hexe überwachte sie dabei und zischte: »Jetzt ist es aus mit dir! Oder hast du dagegen auch noch ein Mittelchen?«

Dann lachte sie wie jemand, der endgültig seinen Feind besiegt zu haben glaubt und schritt zum Palast zurück.

Der Prinz hatte, seit die goldene Lotosblume aus dem Tempel gestohlen worden war, alle Lebensfreude verloren. Tiefe Falten verdüsterten seine Stirn, Unruhe und

Unlust ergriffen ihn. Der Aufenthalt im Schloß wurde ihm immer mehr zur Plage, denn er merkte zu seinem Leidwesen, daß seine Gemahlin mit jedem Tag grausamer und bösartiger wurde. Hinweggewischt waren Güte und Zartgefühl. Sie war ein ganz anderer Mensch geworden. Daher zog es den Prinzen hinaus ins Freie. Begleitet von seinem treuen Pferdeknecht, streifte er ziellos durch Felder und Wälder.

Schwermütig ließ er oftmals seinem Roß die Zügel gleiten und ließ sich hierhin und dorthin tragen. So gelangte er auf einem seiner Ritte auch in jene Gegend, die die Hexe zum Schauplatz ihrer letzten Tat auserkoren hatte. Der Prinz gewahrte, als er in die herrliche Landschaft blickte, an einer Stelle ein goldenes Leuchten, dann tauchten im Nebel die verschwommenen Umrisse eines gewaltigen und prunkvollen Palastes auf. Der Glanz, der von ihm ausging, schien mit dem Silberlicht der schneebedeckten Bergkuppen wetteifern zu wollen. Das Bauwerk ruhte auf goldenen Säulen, hatte acht Stockwerke und wurde von kunstvoll geschnitzten Balken getragen. Der Prinz traute seinen Augen nicht. Träumte er? Er wandte sich zu seinem Knecht um und fragte ihn verwirrt: »Wem gehört denn dieser prächtige Palast?«

Der Knecht aber war schon vom Pferd gesprungen, deutete auf den Weg und auf die Bäume und behauptete überrascht: »Kürzlich habe ich hier noch Pferde gehütet. So weit man sehen konnte, gab es nur wildes Gras, Gestrüpp und Buschwerk. Und nun steht auf einmal ein achtstöckiger Palast da. Wie sollten in dieser kurzen Zeit Menschenhände einen solchen Bau aufführen? Nein! Das kann nur Zauberei sein. Herr, laß uns weggehen von hier!«

Der Knecht redete sich in immer größere Angst hinein. Der Prinz, von Neugier gepackt, hörte jedoch nicht auf ihn. Er stieg vom Pferd, übergab dem Knecht die Zügel und hieß ihn warten. Langsam ging der Prinz auf den Palast zu. Bald kam er an hübschen Beeten vorbei. Wie zum Willkommen neigten die Blumen ihre Köpfe im Wind.

Er kam zum Eingang des Palastes, dort aber kauerten zwei furchterregende Tibetdoggen. Die Hunde waren groß wie Kälber und starrten den Prinzen böse an. Der Prinz blieb stehen; er wußte nicht, ob sich die Bestien vielleicht auf ihn stürzen würden. Die Tiere zeigten sich aber nicht weiter feindlich, ja sie schienen sogar zutraulich zu werden. Als sie gar freundlich mit dem Schwanz zu wedeln begannen, faßte der Prinz sich ein Herz, ging zwischen den beiden Torwächtern hindurch und eilte die Stufen hinauf.

Nicht der Schatten eines Menschen zeigte sich. Der Prinz stieg lauschend zum ersten Stock hinauf. Niemand ließ sich blicken. »Wie soll es möglich sein«, fragte sich der Prinz, »daß so ein herrlicher Palast ganz ohne Menschen ist?«

Er kam ins obere Stockwerk und entdeckte dort eine Tempelhalle. Wie angewurzelt blieb er stehen, denn da thronte würdevoll eine wunderschöne Fee. Es war ihm, als bewegten sich ihre Lippen. Schweigend blickten sich die beiden an. Nach einigen Augenblicken öffnete das Mädchen den Mund und fragte den Prinzen: »Kennst du mich nicht?«

Die Stimme klang vertraut in seinen Ohren. Es war ihm, als sei es die Stimme Drolmakyids zur Zeit ihrer Vermählung. Doch er verwarf diesen Gedanken, denn Drolmakyid war daheim im Schloß. Da war kein Zweifel möglich. Sie konnte nicht zugleich hier sein. War nicht alles doch Zauberspuk, wie sein Knecht vermutete? Die Fee bemerkte sein Zaudern und sagte: »Ich bin deine Drolmakyid!«

Wie sollte der Prinz dieses Rätsel lösen? Mit weit aufgerissenen Augen trat er vor sie und fragte: »Du bist wahrhaftig meine... meine?«

»Ich bin wahrhaftig deine Drolmakyid«, beteuerte das Mädchen und ein Schluchzen erfaßte ihren ganzen Körper, ein bitterliches Weinen, so daß der Prinz vollkommen verwirrt dastand.

Unter Tränen erzählte Drolmakyid dem Prinzen von Anfang bis Ende, welches Leid ihr die Hexe zugefügt hatte. Der Prinz weinte mit ihr. Schließlich löste sich Drolmakyid aus Trauer und Tränen und verkündete: »Jetzt aber hat unsere Not ein Ende. Nun erwartet uns ungetrübtes Glück. Niemals wird man uns wieder trennen können!«

Der Prinz begriff jetzt sehr gut, warum er all die Zeit gefühlt hatte, seine Gemahlin sei ein anderer Mensch geworden. Grimmiger Zorn flammte in seinem Herzen auf.

»Wo ist das Schandweib?« rief er. »Ich lasse die Hexe sogleich ergreifen.« Der Prinz war außer sich, doch Drolmakyid bewahrte ihre Ruhe.

»Stellt ihr nicht nach!« riet sie. »Sie wird sich selbst im Netz verfangen. Der Tag ihres Unterganges ist gekommen.«

Unterdessen wartete der Pferdeknecht vor dem Palast, aber der Prinz kam nicht wieder. Was mochte ihm zugestoßen sein? Dem Knecht wurde es unheimlich. Schließlich bestieg er sein Roß und jagte, ohne sich noch einmal umzusehen, zum Schloß zurück. Dort berichtete er der falschen Herrin: »Ein Palast von acht Stockwerken! Bestimmt ist er durch Zauber erbaut. Der Prinz ging in den Palast, und er ist sicher einer Hexerei zum Opfer gefallen. Vielleicht ist er gefangen. Vielleicht...«

Schon stieß die Hexe den Pferdeknecht beiseite und eilte zu dem Wiesengrund. Ihr war klar, daß Drolmakyid wieder ihre Feenmacht offenbart hatte. Wie wahnsinnig stürmte sie in den Palast. Stockwerk für Stockwerk erklomm sie, höher und höher stieg sie hinauf, um Drolmakyid zu finden. Als sie den Fuß auf das oberste Stockwerk setzen wollte, trat sie ins Bodenlose und stürzte in einen tiefen Schacht. Wie tot blieb sie in der Halle liegen.

Drolmakyid hatte richtig vorausgesehen, daß ihre Todfeindin dem Palast nicht fernbleiben würde. Diese Falle im Palast hatte sie vorbereitet, und die Hexe hatte sich ihrem Verhängnis selbst ausgeliefert.

Der Prinz rief Leute zusammen, die nun auf dem Platz vor dem Palast einen Scheiterhaufen aufrichten mußten. Wie sie es verdiente, wurde nun die wahre Hexe verbrannt.

Von diesem Tage an lebten der Prinz und seine Fee in ungetrübter Freude bis an ihr gesegnetes Ende.

Der Zauberer und der Häuptling

Es lebte einmal ein mächtiger Häuptling, der sehr herrschsüchtig war und habgierig dazu. Von allen Dingen wollte er das meiste, und von den guten Dingen immer das Beste haben.

In dieser Zeit lebte in der gleichen Gegend auch ein Zauberer, den man als weisen und gütigen Menschen überall verehrte und gern hatte. Er zog durchs Land und zauberte. Die Menschen hingen an seinem Mund und ließen sich von seinen Augen in die Länder des Glücks und der Schönheit führen.

Für einige Augenblicke konnte dieser Zauberer den Menschen die Sorgen nehmen und ihnen das vorgaukeln, was sie gerne wünschten. Wenn es auch danach ein nüchternes Erwachen gab, die Menschen liebten ihn und wollten für ein Weilchen das harte Leben vergessen. Hörten die Leute, daß er in einem Dorfe eingetroffen sei, so strömten sie alle dort zusammen, suchten ihn auf und baten ihn um viele Dinge, die sie im Alltag nie erreichen konnten.

»Zauberer, ich brauche neue Kleider!«

»Kannst du mir eine Viehherde besorgen?«

»Hilf mir, ich möchte wieder laufen und springen wie in jungen Jahren!«

»Einen Tag nicht arbeiten müssen, Zauberer! Kannst du das für mich erreichen?«

»Zauberer, ein schönes großes Stück Fleisch, das ist mein einziger Wunsch!«

Und jedem verschaffte der Zauberer das, was er wollte. Die Träume währten zwar nur ein paar Augenblicke, aber die Leute kehrten dann jedesmal zufrieden mit guten Erinnerungen zu ihren täglichen Sorgen zurück. Von diesem Zauberer erfuhr eines Tages auch der Häuptling und ließ ihn zu sich rufen.

»Was fällt dir ein! Für alle Leute zauberst du, nur nicht für mich! Los, zaubere mir sofort etwas vor!«

»Herr, was die Armen tröstet, das habt Ihr selbst im Überfluß, da ist mein Zauber ganz fehl am Platz!«

»Dann zaubere etwas ganz anderes, etwas, was noch nie da war!«

Der Zauberer zögerte, denn er hatte von dem jähzornigen und gewalttätigen Häuptling schon viel gehört.

»Euch etwas vorzuzaubern wage ich nicht, am Ende gefällt es Euch nicht, und ich habe dann das Nachsehen!«

»Ich will aber, daß du zauberst, deine Künste sind weithin bekannt, ich möchte endlich auch sehen, was du kannst!«

»Hoher Herr, dies wage ich nicht, am Ende seid Ihr böse auf mich und laßt mich bestrafen!«

»Ich gebe es dir schriftlich, es wird dir nichts passieren«, sagte der Häuptling und schrieb einige Sätze auf ein Stück Papier.

»Nun aber zeige, was du kannst!« rief der Häuptling und lehnte sich in seinem Polster zurück. Als der Zauberer das Papier zu seiner Sicherheit eben an seine Brust nahm, erhob sich draußen vor dem Häuptlingszelt ein großer Tumult. Man hörte Pferde wiehern und vernahm die Rufe vieler Männer. Der Häuptling erhob sich von seinem Sitz und schaute neugierig hinaus. Da tummelten sich ganze Scharen von Pferden, Krieger kamen geritten und man sah, wie fremde Knechte bereits Zelte aufstellten.

»Auf meinem Grund und Boden!« Der Häuptling war außer sich vor Zorn und schickte sofort einen Diener aus.

»Erkunde sofort, was das für Leute sind und was sie hier wollen!«

Noch während der Häuptling überlegte, ob er seinen Stamm zu den Waffen rufen sollte, kam der Diener auch schon zurück und meldete in höchster Erregung: »Hoher Herr, das ist eine riesige Schar von Kriegern und Knechten. Keiner kann sie zählen. Sie bauen Jurten auf, eine ganze Stadt aus Zelten. Und in der Mitte dieses Lagers stehen eine goldene und eine silberne Jurte, davor ein goldener und ein silberner Thron.« Der Diener war ganz bleich im Gesicht und zitterte am ganzen Leibe.

»Und was sind das für Leute, wo kommen sie her, wem gehören die beiden Throne?« rief erschreckt der Häuptling.

»Hoher Herr, es ist noch schlimmer, die Reiter kommen aus der Unterwelt, und die beiden Throne gehören dem Gott des Schicksals und seinem Sohn!«

Wie vom Blitz getroffen zuckte der Häuptling zusammen. Wenn der Schicksalsgott erscheint, dann nimmt das Leben eine Wende – es kann Glück bedeuten, aber auch großes Unglück. Kommt er mit seinem ganzen Gefolge, so muß man ihm einen würdigen Empfang bereiten und ihm Geschenke bringen.

Der Häuptling faßte sich und gab seine Befehle. Die allerbesten Geschenke wählte er aus, nahm eine große Dienerschar mit und begab sich mit einigem Bangen zu der großen goldenen Jurte. Alle Menschen bringen dem Schicksalsgott Opfer, denn jeder weiß, vom Wohlwollen dieses Gottes hängt viel im Leben ab.

Der Häuptling warf sich in den Staub, als er auf dem goldenen Thron den Gott gewahrte, einen Greis mit schneeweißem Bart. Voller Ehrfurcht sagte in unterwürfigem Ton der Häuptling: »Großer Gott der Unterwelt, welch ein Glück verschafft mir die Ehre Eures Besuchs? Euer Diener hier auf Erden kann es kaum fassen, seid willkommen!«

Der Gott machte eine wegwerfende Handbewegung und

sagte: »Ich bin nur auf der Durchreise in den Himmel. In meinem Garten in der Unterwelt wächst nämlich ein Feigenbaum, den ich täglich gieße. Nun ist er bereits bis in den Himmel gewachsen, und die Götter ernten die Feigen. Das muß sich ändern. Ich werde die Götter zur Rede stellen.«

Als der Häuptling merkte, daß er von dem Schicksalsgott nichts zu befürchten hatte, erhob er sein Gesicht vom Erdboden, kniete sich ordentlich hin und ließ seine Blicke in die Runde schweifen. Da gewahrte er den silbernen Thron, auf dem der Sohn des Schicksalsgottes saß. Der Mut war in das Herz des Häuptlings zurückgekehrt. Immer schon war er schnell im Handeln gewesen, das hatte ihm große Vorteile verschafft. Vielleicht konnte er auch jetzt das Schicksal in eine Bahn lenken, die für ihn günstig war. Mit einer leichten Verbeugung sagte er zu dem hohen Gast:

»Ehrwürdiger Gott, ich bin nur ein Häuptling hier auf Erden, aber mein Stamm ist groß und weidet viele Herden. Ihr seid der Gott der Unterwelt und seid mit einem stattlichen Sohn auf der Reise in den Himmel. Ich selbst habe eine Tochter, schön wie eine Rose im Morgengrauen, wollen wir die Hochzeit für die beiden ausrichten? Ihr habt in mir dann einen Stellvertreter auf Erden, und ich habe einen Tochtermann, auf den ich mich verlassen kann!«

Diese Rede war zwar kühn, aber der Schicksalsgott überlegte doch ein Weilchen und sagte dann in einer Stimme, in der viel Freundlichkeit lag: »Der Einfall ist nicht schlecht. Dies hier ist mein jüngster Sohn, und er ist mir auch der liebste, aber in der Unterwelt habe ich noch zwei Söhne, die mir dort zur Hand gehen!«

Der Häuptling hätte vor Freude aufspringen mögen, aber er beherrschte sich und sagte: »Euer Wille soll mir stets Richtschnur sein, ich werde Euch würdig auf dieser Erde vertreten.«

Der Häuptling wußte genau: Sein Ansehen und seine Macht würden wachsen. Niemand würde sich ihm mehr in den Weg zu stellen wagen, denn er wäre dann ja der Schwiegersohn des Schicksalsgottes.

Als der Gott auf seinem goldenen Thron dann auch noch zustimmend nickte, erhob sich der Häuptling, rief seine Diener herbei und erteilte sehr überlegt seine Befehle, so daß die Hochzeit noch am gleichen Tage gefeiert werden konnte. Das Fest war glänzend und ohnegleichen, lange wurde gefeiert und getanzt.

Am nächsten Morgen aber brach der Schicksalsgott mit seinem Gefolge auf, um bei den Göttern im Himmel Klage zu führen. Der Häuptling verabschiedete sich von seinem göttlichen Schwiegervater und fragte ihn, ob er noch einen besonderen Wunsch habe.

»Du kannst in den nächsten Tagen den Himmel genau beobachten. Bleibt er sonnig und klar, dann bin ich in gutem Einvernehmen mit den Göttern. Bezieht er sich aber mit dunklen Wolken, dann brauche ich Hilfe. Dann soll mein Sohn kommen und mir beistehen!«

Der Häuptling versprach, von der nächsten Stunde an auf jedes Wölkchen am Horizont zu achten und stieg sogleich auf das Dach seines Palastes. Längere Zeit zeigte der Himmel keine Bewegung. Da aber bezog er sich allmählich, dunkle Wolken schoben sich vor, Sturm kam auf, es fing zu blitzen und zu donnern an. Und mit einem Mal begann es zu regnen und zu hageln, aber es regnete keine Wassertropfen und Hagelkörner, sondern Menschenhände, Füße, Köpfe, Leiber, zerbrochene Waffen. Der Häuptling konnte sich kaum in Sicherheit bringen, unmittelbar neben ihm schlugen einzelne Glieder und ganze Leiber auf dem Dach auf. Völlig kopflos, wußte der Häuptling nicht, was er machen sollte, aber es war ihm klar, daß oben im Himmel ein Kampf tobte und der Schicksalsgott in schwere Bedrängnis geraten war. Wie er gerade wieder aufzublicken wagte, fiel ein Kopf mit einem weißen Bart vom Himmel und prallte unmittelbar vor seinen Füßen auf das Dach.

»Er hat verloren, er ist tot«, durchfuhr es den Häuptling, der in der Aufregung nicht mehr genau hinsah; denn er hätte leicht sehen können, daß dies der Kopf eines älteren Unterführers aus dem Gefolge des Schicksalsgottes war.

»Und das alles wegen einiger Feigen!« jammerte der Häuptling.

Als der Himmel sich wieder aufhellte, stieg der Häuptling vom Dach, rief seine Dienerschar eilends zusammen und befahl, ein feierliches Begräbnis auszurichten und den Kopf auf einem Scheiterhaufen zu verbrennen. Dem Häuptling war alsbald klargeworden, daß er versäumt hatte, seinem Schwiegersohn Bescheid zu sagen. So hatte der Sohn des Schicksalsgottes seinem Vater nicht zu Hilfe kommen können. Und daher befahl der Häuptling allen seinen Untergebenen, seinem Schwiegersohn von dieser Leichenfeier kein Wörtchen zu erzählen.

Da kam an dem Scheiterhaufen eine Dienstmagd vorbei, die von diesem Verbot bisher nichts gehört hatte und fragte, was denn da brenne. Als man ihr erzählte, was da alles vorgefallen war, rief die Magd jammernd aus: »Der Schicksalsgott! O weh, er hat den Streit im Himmel verloren! Sie verbrennen den Kopf des Schicksalsgottes!«

Dies hörte aber der jungvermählte Bräutigam in seinem Zelt, rannte heraus, sah den Scheiterhaufen und schrie: »Vater, Vater!« und voller Verzweiflung stürzte er sich in die Flammen.

Der Häuptling war völlig niedergeschlagen: sein Schwiegervater besiegt und tot, sein Schwiegersohn ein Opfer der Flammen – die Dinge hatten einen Verlauf genommen, der Schlimmstes für die Zukunft befürchten ließ.

Die Tage gingen in Trauer. Der Häuptling hatte sich schweigend zurückgezogen, saß grübelnd auf seinem

Kissen und wußte nicht, welchen Verlauf sein Schicksal nun nehmen würde. Da erscholl draußen plötzlich großer Lärm, man hörte Pferdegetrappel, ein Diener stürzte herein und rief: »Der Schicksalsgott ist zurückgekehrt, und sein ganzes Gefolge mit ihm!«

Der Häuptling wurde von Panik ergriffen. Hatte er sich etwa in dem Kopf getäuscht?

»Und was, wenn der Gott seinen Sohn zu sehen begehrt?«

Die Angst schnürte ihm fast die Kehle zu, ganz benommen wankte er ins Freie. Da kam auch schon lachend und aufgeräumt sein Schwiegervater auf ihn zu und begrüßte ihn.

»Welche Freude!« stammelte der Häuptling. »Ihr seid unversehrt, der Kampf im Himmel war also nicht so heftig?«

»Ach nein«, schmunzelte der Gott, »wir haben uns nur ein bißchen herumgeschlagen. Gekämpft haben eigentlich nur einige hitzköpfige Diener und Soldaten. Leider kamen einige dabei ums Leben, darunter auch einer meiner tapferen Haudegen, ein Alter mit weißem Bart. Mit den Göttern habe ich mich wegen der Feigen schnell geeinigt. Wir teilen uns einfach jedes Jahr die Ernte. Das ist das einfachste und erhält Frieden und Eintracht. Nun ist es aber Zeit, ein wenig auszuruhen und dann ausgiebig zu feiern. Wo ist denn aber das Brautpaar, ich sehe nirgends meinen Sohn!«

Da mußte der Häuptling, ob er wollte oder nicht, mit der Wahrheit herausrücken. Der Schicksalsgott fiel fast in Ohnmacht.

»Was, meinen Sohn hast du getötet! Das kostet dich den Kopf! Mein armer Sohn! Mein Kind! Das ist deine Schuld allein! Du hast dein Leben verwirkt!«

Da warf sich der Häuptling vor dem Gott in den Staub und begann um sein Leben zu flehen. Wie ein Verbrecher vor der Hinrichtung flehte er um Gnade. Da ließ sich der

Schicksalsgott erweichen und sagte mit Tränen des Schmerzes und des Zornes: »Dein Leben will ich dir schenken, aber all deine Habe hast du verwirkt. Alle deine Güter mußt du mir geben, deine Herden, dein Gold, deine Diener und Sklaven!«

»Nimm alles, was du willst, nur laß mich am Leben!« winselte der Häuptling und wagte kaum, sein Gesicht aus dem Staub zu erheben. Da ertönte plötzlich eine Stimme wie aus einer ganz anderen Welt, aber die Stimme kam dem Häuptling dennoch bekannt vor.

»Steh auf!« sagte diese Stimme, »und schau dich einmal um!«

Da hob der Häuptling den Kopf. Auf der Treppe vor ihm saß der Zauberer mit einem leichten Lächeln auf den Lippen. Von einem Schicksalsgott war weit und breit nichts zu sehen. Friedlich grasten die Herden auf ihren Weiden, alles war, wie es immer gewesen war, nur seine Diener sahen erstaunt auf ihn nieder und sahen sich fragend und betreten an.

»Das war ein Stündchen, das Euch sicher gefallen hat!« sagte der Zauberer mit einer höflichen Verbeugung.

Der Häuptling schäumte vor Wut. Das war eine Schande, die nie ganz zu tilgen war: seine Diener hatten ihn im Staub gesehen – und sie hatten gehört, wie er um sein Leben flehte. Am liebsten hätte er den Zauberer in Stücke hauen lassen, aber er hatte ihm schriftlich versichert, daß ihm nichts geschehen würde.

Der Häuptling getraute sich vor Scham lange nicht aus dem Palast. In seinem Stolz war er gebrochen, und er wagte nicht mehr so leicht, vorschnell zu urteilen und zu handeln. Der Zauberer aber wurde fortan noch mehr geliebt und verehrt, denn alle Leute wußten, daß er den stolzen Häuptling hatte im Staube kriechen lassen.

Die fleißigen Ameisen

Eines Tages lebte in einem Lande ein großer und bedeutender König, den seine Untertanen anerkannten und liebten. Jedes Jahr veranstaltete er ein großes Fest, lud viele, viele Gäste ein und ließ allen ein reichhaltiges Mahl auftragen. Zu allerhand leckeren Dingen wurde auch ziemlich viel Reis gegessen und ordentlich Gerstenbier getrunken.

Bei dem frohen Gelage fielen auch viele Reiskörner auf den Boden. Was auf den Bänken lag, wurde ebenfalls weggefegt. Als das Fest zu Ende war und der Platz in der großen Ebene wieder still und ruhig dalag, kamen die Ameisen, sammelten die Reiskörner und brachten sie in ihre unterirdischen Scheuern.

Kurz danach überzog ein fremder König das Land mit Krieg. Das Heer kam in die Ebene und rastete genau dort, wo das Fest stattgefunden hatte. Nun gab es aber da weder Wasser noch Holz, die Soldaten konnten keinen Reis kochen und auch keinen Gerstenbrei anrühren. Da sahen sie am Boden die Ameisen unzählige Reiskörner davontragen. Einer der Soldaten verstand die Ameisensprache und fragte: »Sagt, ihr Ameisen, von wem habt ihr denn all den Reis?«

Die Ameisen antworteten: »Der König dieses Landes hat vor einigen Tagen hier ein großes Fest gegeben, da blieb so viel Reis übrig, daß wir alle lange davon zehren können.«

Dies wurde dem General der hungernden Truppe berichtet. Der Heerführer meldete dies seinem König und dieser sprach: »Wenn der König dieses Landes so viel Reis hat, daß er für ein Fest so viel davon verschwenden kann, dann wird sein Heer weit größer sein als unseres. Wir tun gut daran, diesen Krieg zu beenden.«

Und ohne sich weiter zu beraten, führte er seine Truppen zurück.

Die törichte Füchsin

Eines Tages traf einmal im Wald eine Füchsin einen Tiger. »Tante Füchsin, hast du auch so einen Appetit auf einen Imbiß wie ich?« fragte der Tiger. Die Füchsin meinte, das sei genau das, woran sie schon seit Stunden denke. Da zogen die beiden los und kamen zu einem Bauernhaus, bei dem eine Weide für Pferde war. Ein hoher Zaun schützte die Stuten, die mit ihren Füllen dort weideten. Da schüttelte der Tiger sein Fell, daß er ganz zottelig wurde. Er rollte die Augen und fragte die Füchsin: »Sag schnell, Tante Füchsin, sehe ich furchterregend aus?« Die Füchsin sagte, er sei so furchterregend, wie es nur ein Tiger sein könne.

Nun hob der Tiger seinen Schwanz, peitschte dreimal damit die Erde, so daß jedesmal eine Staubwolke aufgewirbelt wurde. Dann fragte der Tiger: »Sind meine Augen jetzt richtig rot geworden?« Die Füchsin bejahte und sagte, er habe so rote Augen wie ein Dämon des Waldes.

»Dann kann ich es wagen«, sprach der Tiger, nahm einen Anlauf und setzte mit einem gewaltigen Sprung über den Zaun. Als die Stuten den zottigen Tiger mit seinen geröteten Augen vor sich sahen, bäumten sie sich in höchster Angst auf und gerieten völlig in Panik. Diesen Augenblick nutzte der Tiger, riß eines der Füllen und sprang mit seiner Beute über den Zaun zurück ins Freie. Der Tiger schleppte seine Beute in den nahen Wald, und beide hielten sie dort Mahlzeit.

Allzuviel blieb zwar für die Tante Füchsin nicht übrig,

aber sie wurde satt und konnte auch noch etwas heimlich davontragen, als der Tiger sich bald träge ins hohe Gras legte.

Die Füchsin mußte immer wieder daran denken, wie der Tiger sein Fell gesträubt und seine Augen rot gemacht hatte.

»Was der Tiger kann, das kann ich auch«, sagte sich die Füchsin und beschloß, bei der nächstbesten Gelegenheit es dem Tiger gleichzutun.

Als sie bald darauf einen jungen Fuchs traf, fragte sie diesen, ob er auch auf der Suche nach einem kleinen Imbiß sei. Der Rotkopf erwiderte, er habe seit Tagen nichts mehr zu beißen gehabt, und deshalb würde er sich gerne der Füchsin bei der Jagd anschließen.

Bald kamen die beiden an ein Gehöft, in dessen Hof eine Schar Enten schnatterte und dann und wann das Gebell einiger Hunde zu hören war. Da schüttelte die Füchsin ihr Fell, so daß sie ein wenig zottelig aussah und fragte den jungen Fuchs: »Sag schnell, sehe ich schreckenerregend aus?«

»Nein, gar nicht«, sagte der Fuchs und meinte, »nur etwas ungeputzt.«

»Du Dummkopf, du siehst doch, daß ich mit solch einem Fell Furcht und Schrecken verbreite. Da mußt du doch ja sagen!«

Da sagte der kleine Fuchs ganz eingeschüchtert: »Ja, Tante Füchsin.«

Nun schwenkte die Füchsin ihren Schwanz wie eine Fahne und wirbelte wie mit einem Besen damit den Staub auf, der beiden in Augen und Nase stob.

»Sind meine Augen jetzt tüchtig rot geworden?« fragte da die Füchsin.

»Nicht eigentlich rot, Tante Füchsin, nur ein bißchen verschwommen«, sagte daraufhin wahrheitsgemäß der junge Fuchs.

»Du Dummkopf, du mußt doch ja sagen«, zischte erzürnt die Füchsin.

»Ach ja, ja, Tante Füchsin«, stammelte da der junge Fuchs.

Nun war aber die Mauer zu hoch, die Füchsin konnte nicht darüberspringen. Da entdeckte sie eine leere Wasserröhre, die durch die Mauer ins Innere führte. Da schlüpfte sie nun hinein. In dieser Röhre hielten sich des öfteren aber Mäuse auf, und so saß an diesem Tag ein Kater im Innern des Hofes am anderen Ende der Röhre auf der Lauer.

Wie da nun etwas herankroch und die Schnauze der Füchsin am Ausgang der Wasserröhre erschien, da glaubte der Kater, eine große Maus komme da hervor und langte mit seiner Pfote nach ihr. Dabei zerkratzte der Kater der Füchsin zwar das Gesicht, konnte sie aber nicht erwischen, da diese den Rückzug antrat.

Als die Füchsin ganz zerkratzt aus der Röhre wieder zum Vorschein kam, sagte das junge Füchslein: »Tante Füchsin, jetzt sind deine Augen ganz rot und auch dein Fell ist so struppig, daß du ganz furchterregend aussiehst!«

Die listigen Schakale

In der Nähe eines Dorfes lebte einmal eine Schakalfamilie, die nichts zu leiden hatte, solange die Bauern im Dorf keine Hunde hielten. Als aber allmählich aus jedem Hof ein Hund gelaufen kam, wurde es den Schakalen zu ungemütlich und sie zogen sich in eine andere Gegend zurück.

Ihre Wanderung führte sie weit durchs Land, bis sie in den tiefen Dschungel kamen, wo sie alsbald eine Tigerhöhle entdeckten. Der beißende Tigergeruch war der Schakalmutter durchaus bekannt, aber ihre Kleinen wichen angstvoll zurück, als der stechende Geruch ihnen in die Nase kam. Die Schakalmutter beruhigte die Kleinen und sagte: »Seid unbesorgt, ich kenne die Tiger und weiß genau, wie sie zu nehmen sind. Ihr braucht nur zu tun, was ich euch sage, dann kann euch nichts geschehen!«

Der Schakalvater nickte zustimmend und meinte, er könne sich ja einmal in der Höhle umsehen, denn er hatte längst gemerkt, daß der Tiger nicht zu Hause war.

Vorsichtig schlich er hinein und fand eine große Menge Fleisch, denn der Tiger hatte in den letzten Tagen gute Beute gemacht. Der Schakal rief seine Frau und seine Kinder in die Höhle, und sie ließen es sich alle gut schmekken.

Nachdem sie sich ordentlich satt gegessen hatten, meinte der Schakalvater: »Vorsicht schadet nie! Ich gehe und halte auf dem Hügel Ausschau, ob der Tiger kommt. Ihr könnt alle in der Höhle ein Schläfchen machen. Wenn ich aber den Tiger kommen sehe, werfe ich ein Steinchen in die

Höhle. Du, Frau, weckst dann sofort die Kinder und alle zusammen fangt ihr dann furchtbar zu heulen an. Das Geheul muß durch den ganzen Dschungel dringen. Ich werde dann auf dem Hügel stehen und fragen, wer da in der Höhle heult. Dann müßt ihr antworten: ›Hier sitzen welche, die großen Hunger haben und bald fressen möchten!‹«

Die Schakalmutter ließ es sich mit ihren Kindern in der Höhle wohl sein, die Kleinen balgten sich noch ein wenig herum, legten sich dann aber bald hin und schliefen ein.

Der alte Schakal stand unbeweglich inzwischen auf dem Hügel und hielt Ausschau. Die Sonne ging unter und die Nacht brach herein. Die ganze Nacht wachte der Schakal mit scharfem Ohr.

Beim Morgengrauen aber hörte er die Bambuszweige rascheln, einige Zweige knackten, der Tiger zeigte sich zwischen den Büschen. Da warf schnell der Schakal ein Steinchen in die Höhle. Die Schakalmutter, die stets nur leicht zu schlafen pflegte und helle Ohren hatte, stand sofort auf und weckte ihre Jungen. Bald war ein Heulen aus der Höhle zu hören, daß es einem angst und bange wurde.

»Was heulen denn diese Kinder so?« rief der Schakal von seinem Hügel.

Die Schakalmutter rief zurück: »Weil sie großen Hunger haben, deshalb heulen sie so!«

Der Schakal auf dem Hügel schielte mit einem Auge zu dem Tiger hinüber und rief: »Sag ihnen, daß der Tiger bald heimkommt, dann gibt es saftiges Tigerfleisch, ein Leckerbissen!«

Der Tiger hörte dies und dachte bei sich, daß in seiner Höhle inzwischen fürchterliche Bestien hausen müßten.

»Da warten diese Ungeheuer also schon länger auf meine Rückkehr«, sagte er zu sich selbst, machte einen Satz zur Seite und rannte davon.

Wie er da so ziellos dahinrannte, begegnete er einem alten Pavian.

»Wohin des Weges, König des Dschungels? Ihr lauft, als wäret Ihr auf der Jagd!«

»Nein, nein, auf der Flucht«, antwortete der Tiger.

»Ein Tiger auf der Flucht?« fragte erstaunt der Pavian.

»In meiner Höhle sitzen fürchterliche Tiere, sie haben sich dort breitgemacht und wollten mich fressen. Ihr Geheul war angsterregend. Sie hatten schon beschlossen, mich zu fressen. Da kam ich ihnen zuvor und ergriff die Flucht. Der Starke muß immer dem Stärkeren weichen!«

Da begann der Pavian zu lachen, ja er schüttete sich sogar aus vor Lachen.

»Schakale sind's, ganz einfach Schakale, ich habe sie vorhin in die Höhle schlüpfen sehen. Wenn einer den anderen besiegt, so bestimmt ein Tiger einen Schakal und nicht umgekehrt!«

Und immer noch lachte der Pavian. Schließlich hatte sich der Tiger etwas beruhigt, denn der Affe sagte, er werde ihn zu seiner Höhle zurückbegleiten, gefährlich nämlich seien die Schakale für einen Tiger überhaupt nicht.

Da ging der Tiger zwar mit zurück zu seiner Höhle, hielt sich aber eng an den Affen, denn geheuer war ihm die Sache immer noch nicht.

Der Pavian schlang seinen Schwanz um den Hals des Tigers, um diesem damit etwas Mut zu machen und zu zeigen, daß er einen tapferen Begleiter habe. Je näher sie aber der Höhle kamen, desto unruhiger wurde der Tiger.

Der vorsichtige Schakal hatte zwar die Flucht des Tigers mit angesehen, war aber dennoch nicht von seinem Hügel gewichen. Als er das ungleiche Paar daherkommen sah, rief er laut zu den beiden hinüber: »Gut, Bruder Affe, daß du endlich den Tiger bringst. Wir haben aber so großen Hunger, daß uns einer nicht genügt. Kannst du nicht noch einen oder zwei besorgen?«

Als dies der Tiger hörte, dachte er an Verrat und meinte, der Affe habe ihn in eine Falle gelockt. Er riß sich mit einem Ruck von dem Affen los und rannte in den Wald zurück. Der Pavian konnte sich aber nicht so schnell vom Tiger lösen, denn er hatte ja seinen Schwanz um dessen Hals geschlungen. Der Affe wurde arg zerschunden und mußte sich gefallen lassen, daß der Tiger ihn eine gute Weile durch den Wald schleifte.

Die listigen Schakale aber lebten noch lange glücklich und zufrieden in der Höhle des Tigers. Der Pavian aber sagte zu seinen Freunden: »Die listigen Schakale haben sogar den Tiger besiegt!«

Hausarbeit will gelernt sein

In einem Bauernhaus blieb an einem schönen Herbsttag einmal die Hausarbeit völlig liegen, weil alle Hände auf dem Feld bei der Arbeit gebraucht wurden. Das ärgerte die Dinge, die im Hause ihren Platz hatten, und sie beschlossen, für diesen Tag die wichtigen Arbeiten im Hause selbst zu übernehmen.

Der irdene Topf oben auf dem Regal übersah alles, hatte einen dicken Bauch wie ein würdiger Herr und teilte daher die Arbeit ein. Der Sandkuchen sollte Wasser holen, die Rübe sollte die Kuh auf der Weide hüten, die Fliege sollte den Ochsen weiden, der Gerstenhalm sollte die Gerste worfeln, und die Nadel wurde zum eigentlichen Dienst in der Stube eingeteilt, sie sollte den Boden aufkehren und dann wischen. Der irdene Topf dagegen sollte zu Hause bleiben und Haushälter sein, er hatte die Tür zu hüten.

Alle machten sich eifrig an die Arbeit. Der irdene Topf dagegen blieb auf seinem Regal und versank in tiefes Nachdenken über alle Arten von Hausarbeit.

Inzwischen war der Sandkuchen als erster aus dem Haus gelaufen, um Wasser zu holen. Da er eine solche Arbeit noch nie getan hatte, bespritzte er sich ordentlich, war bald ganz durchweicht, löste sich auf und wurde von den Küken einer Bruthenne gefressen.

Die Rübe war auf die Weide gegangen, um die Kuh zu hüten. Diese Arbeit war ihr völlig fremd, sie stellte sich so ungeschickt neben die Kuh, daß diese sie auffraß.

Die Fliege kam beim Ochsen an und setzte sich auf seine Nase. Den Ochsen kitzelte dies, er hob mit einem Ruck den Kopf, die Fliege flog auf, er schlug mit seinem Schwanz nach ihr, sie suchte hinter dem Ochsen Schutz und wurde dann von einem Fladen begraben.

Der Gerstenhalm wollte im Freien Gerste worfeln, brauchte aber etwas Wind dazu und schaute daher nach dem Wetter aus. Wie er nun in den Himmel guckte, zog ein Sturm auf, kam herangebraust und trug den Gerstenhalm mit sich. Niemand weiß, wo er wieder zur Erde kam.

Die Nadel hatte sich aufgemacht, um nach einem Besen zu sehen, aber sie hüpfte auf so spitzem Zeh durch die Stube, daß sie in eine Ritze fiel und nicht mehr hervorkommen konnte.

Der irdene Topf hatte inzwischen sein Nachdenken beendet und wartete auf das Wasser. Der Sandkuchen aber kam nicht. Kuh und Ochse grasten weit hinten auf der Wiese, was dem Topf merkwürdig vorkam. Er konnte durch das Fenster weder die Rübe noch die Fliege sehen.

Sollte nicht der Gerstenhalm die Gerste worfeln? Der irdene Topf wurde nun doch unruhig, als er sah, daß auch die Stube nicht ausgefegt war.

»Wie unzuverlässig diese Hausdiener heute sind«, sagte er zu sich selbst und wollte nun persönlich einmal nachsehen. Er hüpfte vom Regal herunter und zersprang in Stücke.

Hausarbeit will eben gelernt sein.

Der Affe und das Kamel

Eines Tages saß ein Affe in der Krone eines hohen Baumes und schaute in die Gegend. Weithin konnte er das Land überblicken und sah sogar hinüber über den nahen Fluß und gewahrte dort einen Pfirsichgarten und ein Zuckerrohrfeld. »Wenn ich nur zu den Pfirsichen käme«, so sprach der Affe zu sich selbst, »aber wie komme ich bloß über den Fluß?«

Da sah er zwischen dornigen Büschen ein Kamel, das gar nicht weit weg von ihm an den harten Blättern kaute. Dem Affen war ein guter Einfall gekommen, als er das Kamel mit den beiden Höckern erblickte. Sofort kletterte er vom Baum und lief zu dem Kamel.

»Guten Tag, Herr Nachbar«, sagte der Affe, »stell dir bloß vor, was ich in der Ferne gesehen habe, als ich auf dem Baum dort saß!«

Das Kamel hörte auf zu kauen und meinte in seiner bedächtigen Art: »Na, was hast du denn gesehen, erzähl es mir!«

»Du wirst es kaum glauben«, entgegnete der Affe, »Ich habe ein Zuckerrohrfeld erspäht und dachte dabei sofort an dich!«

Das Kamel zuckte zusammen, Zuckerrohr war seine Lieblingsspeise, dafür ließ er fast alles andere liegen. »Wo ist das Feld, sag schnell!«

»Erst einmal mußt du über den Fluß, dann hältst du dich rechts, dann geradeaus, dann links herum, dann machst du einen Bogen, gehst wieder etwas zurück und siehst dann das Feld liegen!«

Das Kamel schüttelte traurig den Kopf und sagte: »Das behalte ich nie, vielleicht kannst du mich aber hinführen!«

Der Affe hatte auf diese Frage nur gewartet und sagte: »Gerne würde ich dies tun, aber ich kann nicht schwimmen, man muß ja über den breiten Fluß.«

Da meinte das Kamel: »Ja, wenn es weiter nichts ist! Du steigst auf meinen Rücken, hältst dich gut fest und ich schwimme mit dir hinüber!«

Dem Affen war das recht, er kletterte auf den Rücken des Kamels, setzte sich zwischen die beiden Höcker und wurde ohne Mühe über den Fluß getragen.

Als sie bei dem Zuckerrohrfeld angekommen waren, sagte der Affe: »Hier kannst du es dir schmecken lassen, ich gehe derweil in den Pfirsichgarten, hole mir ein paar Früchte und halte Ausschau, ob ein Wächter kommt!«

»Wie soll ich dir bloß danken?« sagte das Kamel, »deine Hilfe ist unbezahlbar!«

Während sich das Kamel an den süßen Zuckerrohrstengeln gütlich tat, stieg der Affe über den Zaun des Pfirsichgartens, kletterte auf den Baum mit den meisten Früchten und ließ sich die saftigen Pfirsiche schmecken.

Die Früchte waren fast überreif und daher genau so süß, wie die Affen es so gerne mögen. Der Saft lief ihm über das Kinn, es war für den Affen ein Festschmaus. Als er sich nun ganz satt gegessen hatte, spähte er in das Zuckerrohrfeld hinüber, wo das Kamel Rohr um Rohr vertilgte. Der Affe kam herbei und mahnte zum Aufbruch. Wenn Affen sich satt gegessen haben, warten sie nämlich nicht gerne.

»Ein Weilchen noch«, bat das Kamel und kaute mit vollen Backen.

»Nein, komm, ich will nach Hause!« drängte der Affe.

»Dieses eine Rohr noch, dann komme ich«, sagte das Kamel.

Als der Affe sah, wie das Kamel sich auch noch über ein

zweites Rohr hermachte, sagte er ärgerlich: »Wenn du jetzt nicht kommst, rufe ich den Wächter!«

»Nein, nein, der verprügelt mich, wenn er mich hier sieht!«

Der Affe aber rief: »Wer nicht hören will, muß fühlen« und schrie aus Leibeskräften nach dem Wächter, der in einer nahen Hütte seinen Mittagsschlaf hielt. »Hallo, Wächter!« schrie der Affe, »herbei, herbei, ein Kamel im Zuckerrohr, ein Kamel frißt alles auf hier!«

Entgeistert schaute das Kamel den Affen an. Der aber kletterte auf einen hohen Baum am Ufer des Flusses und sah von oben mit an, wie der Wächter aus seiner Hütte kam, eine Peitsche nahm und das Kamel aus dem Zuckerrohr hinausprügelte. Geschlagen und mit vielen Striemen am Leib kam das Kamel schließlich zum Fluß. Bald näherte sich der Affe und meinte: »Diese Prügel hättest du dir ersparen können. Warum hast du nicht auf mich gehört?«

»Du hast ja den Wächter erst gerufen, es ist unerhört!«

»Ich soll den Wächter gerufen haben?«

»Ja, du, wer denn sonst?«

»Wenn ich wirklich gerufen habe, dann nur wie im Fieberwahn. Weißt du, liebes Kamel, ich bekomme manchmal ganz merkwürdige Zustände, dann muß ich laut schreien, erst dann wird es wieder besser und dann bekomme ich auch wieder einen klaren Kopf!« So log der Affe.

»Dann ist das Schreien also etwas, wofür du selbst nichts kannst?« fragte das Kamel.

»Ja, es ist wie eine Krankheit, erst wenn ich tüchtig geschrien habe, ist alles wieder vorbei!«

»Das kann ich gut verstehen«, sagte das Kamel, kniete sich nieder und ließ den Affen aufsteigen. Der Affe machte es sich wieder zwischen den Höckern bequem, das Kamel stieg in den Fluß und schwamm mit ruhigen Zügen dem anderen Ufer zu. Als die beiden etwa in der Mitte des

Flusses angekommen waren, sagte das Kamel: »Aufgepaßt, ich werde jetzt untertauchen!«

»Was fällt dir ein«, rief da der Affe, der ja nicht schwimmen konnte.

»Ja, lieber Affe, da hilft nichts, ich muß jetzt eine gute Strecke unter Wasser schwimmen!«

»Ja, warum das denn? Was soll denn aus mir werden?« Der Affe bekam es mit der Angst zu tun.

Das Kamel sagte daraufhin ganz trocken: »Weißt du, ich bekomme von Zeit zu Zeit ganz merkwürdige Zustände, das ist wie eine Krankheit. Das kommt so über mich und vergeht erst wieder, wenn ich ein gutes Stück unter Wasser geschwommen bin.«

Mit diesen Worten tauchte das Kamel tief in den Fluß ein, daß dem Affen das Wasser um die Ohren rauschte. Er ließ die Höcker los, tauchte kurz auf, schüttelte sich, spie Wasser, schrie um Hilfe, sah aber das Kamel nicht und glaubte, es gehe mit ihm gleich zu Ende.

Das Kamel hatte jedoch eine nicht so tiefe Stelle ausgesucht, so daß der Affe nicht ertrank, sondern Grund spürte und auf seinen eigenen Beinen ans Ufer waten konnte. Als das Kamel wieder aus dem Wasser auftauchte, stand der Affe schon am Ufer, schimpfte und rief aufgeregt, daß er fast ertrunken wäre. »Da kann man nichts machen, das sind die merkwürdigen Zustände, die erst verschwinden, wenn ich lange genug untertauche!« Da kratzte sich der Affe hinter dem Ohr und machte sich davon.

Vom klugen Hasen

Eines Tages streiften der Wolf und der Fuchs einmal gemeinsam durch den Wald und kamen schließlich an ein einsam stehendes Haus. Sie schlichen herum, blickten durch die Fenster, sahen in den Hinterhof, konnten aber niemanden erblicken. Auf einem Baum nebenan saß ein Affe, den winkten sie herbei und fragten ihn, wer denn in dem Hause wohne.

»In dem Haus wohnt der Hase«, sagte der Affe, »aber der ist eben zu seinem Garten gelaufen, um sich frische Mohrrüben zu besorgen.« Da sagte der Wolf: »Auf einen Hasen habe ich schon lange Appetit, und außerdem habe ich gehörigen Hunger. Da warten wir, bis er zurückkommt.«

Der Hase war inzwischen auf leisen Pfoten beim Haus angelangt und hatte die Worte des Wolfes mit angehört. Schnell versteckte er die Mohrrüben unter der Schwelle und besann sich nicht lange. Jeder andere Hase wäre bei solchen Aussichten mit riesigen Sprüngen und Haken in den Wald gelaufen, unser Hase aber trat mitten unter die drei Eindringlinge und sagte: »Willkommen, die Herrschaften, Sie kommen gerade zur richtigen Zeit, denn gleich gibt es Mittagessen!«

Der Wolf wollte sich schon gleich auf den Hasen stürzen, aber er hielt sich zurück und fragte neugierig: »Willst du uns etwa Mohrrüben vorsetzen?«

»Nein, nein, keine Sorge, weiß ich doch, daß Wölfe und Füchse keine Mohrrüben mögen. Uns erwartet etwas viel Besseres!«

Die drei ungebetenen Gäste waren nun doch gespannt

darauf, was der Hase ihnen da vorsetzen wollte, deshalb fragte der Fuchs: »Kannst du uns wenigstens verraten, ob eine Vorspeise und eine Nachspeise dabei sein wird?«

»Nicht nur das, wir haben sogar mit mehreren Gängen zu rechnen«, entgegnete der Hase. »Heraus mit der Sprache«, knurrte der Wolf und funkelte gierig mit den Augen. »Hört her«, sagte der Hase, »das Essen wird uns heute sogar bis vors Haus gebracht. Gegen Mittag wird hier nämlich ein ehrwürdiger Lama vorbeikommen. Der fromme Mann war beim Kaiser selbst zu Besuch und hatte ihm Gebete vorgelesen und das Gesetz des Erleuchteten vorgetragen. Zur Belohnung bekam er bei Hofe daher zwei Säcke mit nach Hause, einen Sack mit vielen guten Sachen zum Essen und einen anderen mit Dingen, die auch ein Lama täglich braucht.«

Der Hase hatte mit solcher Überzeugung gesprochen, daß die drei Gesellen sofort von der Wahrheit dieser Ankündigung überzeugt waren. »Kommt«, sagte der Fuchs, »wir verstecken uns in einem Gebüsch am Waldrand!« Der Wolf, der nur allzugern den Hasen auf der Stelle verspeist hätte, drückte sich ebenfalls ins hohe Gras und spähte den Weg entlang.

Da erschien tatsächlich auf einem schmalen Pfad in der Ferne der Lama. Man sah es genau, der heilige Mann trug zwei Säcke. »Verhaltet euch still«, sagte der Hase, »laßt mich die Sache nur machen. Sobald der Lama einen Sack losläßt, holt ihr ihn schnell und schleppt ihn in mein Haus!«

Als der Lama nahe genug herangekommen war, sprang der Hase aus dem Gebäusch und hoppelte langsam vor dem Lama her. Der Lama hätte ihn fast greifen können, aber die beiden Säcke hinderten ihn, er hatte keine Hand frei. Als nun der Hase auch noch um den frommen Mann herumlief, konnte dieser nicht widerstehen und warf gleich beide Säcke auf die Erde, um den Hasen an den Ohren greifen zu können.

Da nun aber der Hase etwas schneller zu laufen begann, zog der Lama auch seinen Mantel aus und lief dem Hasen hinterher. Dieser hüpfte nach links, dann wieder nach rechts, sprang hinter den Lama und hüpfte schnell in den Wald hinein. Der Lama eilte dem Hasen nach, stolperte über eine Baumwurzel und fiel der Länge nach auf den Boden. Als er sich wieder aufrappelte und auf den Weg trat, konnte er keinen der beiden Säcke mehr finden. Die Tiere hatten beide Säcke bereits in das Haus des Hasen geschleppt, der ebenfalls kurz danach dort eintrat.

Der Fuchs war eben dabei, einen der beiden Säcke aufzuschnüren. Und was kam da heraus? Die Tiere kramten eine Gebetsschnur hervor, eine Trommel, ein Paar Hosen und feste, lange Stiefel. »Was wollen wir damit?« sagte da der Wolf, »laßt uns den anderen Sack aufmachen!«

»Halt«, rief der Hase, »nicht so schnell! Das Essen läuft uns nicht davon. Aber eine solche Gelegenheit kommt nie mehr wieder! Wolf, zieh schnell die Stiefel an, und du, Affe, du schlüpfst in die Hosen, macht nur schnell!«

»Was soll das denn alles!« rief knurrend der Wolf, aber der Hase belehrte sie und sagte: »Wenn du, Wolf, in diesen Stiefeln zur Hammelherde gehst, dann meinen sie, du seiest der Hirte. Dann treibst du sie in den Wald, und sie gehören dir alle. Dann hast du jeden Tag Hammelfleisch, das ganze Jahr über.«

»Und was soll ich?« fragte der Affe, der bereits in die Hosen geschlüpft war. »Du gehst in den nächsten Obstgarten. Dort meint man, du seiest der Gärtner, und du kannst all die schönen Früchte pflücken: Birnen, Pfirsiche und Aprikosen, und das, so oft du willst, das ganze Jahr kannst du davon essen, denn für den Winter kannst du ja zentnerweise einlagern.«

Der Affe hatte mit offenem Mund dem Hasen zugehört und rief aus: »Ein herrlicher Einfall, darauf wäre ich nie gekommen!«

Der Fuchs war inzwischen recht ungeduldig geworden und rief dazwischen: »Und mich habt ihr dabei ganz vergessen, was bleibt denn da für mich noch übrig?« Der Hase hatte inzwischen die Trommel und die Gebetsschnur aufgenommen und überreichte sie mit einer ehrfürchtigen Verbeugung dem Fuchs. Lächelnd sagte der Hase: »Und du gehst als frommer Lama zu den Gläubigen! Sie halten dich für einen frommen Mann, wenn du die Trommel schlägst, dir die Gebetsschnur durch die Finger gleiten läßt und ein paar Gebete sprichst. Einem Lama bringen die Leute auf dem Lande immer Geschenke, vor allem junge Hühner, Hähnchen und Enten!«

Dem Fuchs lief schon das Wasser im Maul zusammen. Da brachte der Affe auch noch den weiten Mantel des Lama angeschleppt, den dieser ja ausgezogen und auf dem Weg zurückgelassen hatte. Der Affe hatte den Mantel schnell zu einem Versteck gebracht und wollte ihn für die Wintertage gerne selbst behalten, aber da Affen gerne zu scherzen pflegen, hängte er nun dem Fuchs den Mantel des Lama um, der darin nun wirklich wie ein Mönch aussah.

Alle lachten schallend, als der Fuchs nun probeweise zu beten anfing und die Trommel schlug. Da konnte der Wolf nicht anders, er rief laut in die Runde: »Ein kluger Hase, fürwahr! Auf solche Sachen wäre ich nie gekommen!« Und leise flüsterte er dem Affen ins Ohr: »Bloß gut, daß ich ihn nicht gefressen habe!«

»Ein Hase mit pfiffigen Einfällen!« pflichtete der Fuchs bei, der geradezu wie ein Heiliger in seiner Verkleidung aussah. »Nun schnell zu den Hammeln, zu den Gärten und zu den Gläubigen!« rief der Hase, »und wenn ihr alles erledigt habt, dann kommt her und erzählt, wenn ihr euch dann noch an den Hasen erinnert!«

Und der Wolf schritt in seinen schweren Stiefeln nun den Schafherden zu, der Affe in seinen weiten Hosen machte sich auf zu den Obstgärten und der Fuchs schritt bedächtig aus, zog einem Tempel entgegen und schleifte wie ein alter Lama den langen Mantel auf dem Boden etwas nach.

Als der Wolf in die Hammelherde eindrang, hielten ihn die Schafböcke tatsächlich für ihren Hirten, aber die Hunde witterten sofort den Wolfsgeruch, bellten mißtrauisch, erkannten ihn und fielen über ihn her. Der Wolf flüchtete, so schnell er konnte, und nur deshalb konnte er sich überhaupt noch retten, weil er in Windeseile die Stiefel auszog und den Hunden vor die Beine warf.

Der Affe war unbemerkt über den Zaun des nächsten Obstgartens geklettert und saß schon bequem in den Ästen eines großen Birnbaumes. Birne um Birne pflückte er, die festen warf er auf den Boden, die ganz reifen und saftigen aß er auf. Da kamen einige Knaben an dem Garten vorbei: »Sieh da, ein Affe!« rief einer der Jungen. »Ein Affe sitzt im Birnbaum!« rief ein anderer, »er stiehlt die reifen Birnen!« »Schnell, über den Zaun, wir fangen ihn!« rief ein dritter.

Der Affe hatte nicht bedacht, daß man mit Hosen über den Beinen immer noch wie ein Affe aussieht, schnell kletterte er an dem Ast herunter und versuchte, den Jungen zu entkommen. Diese warfen bereits mit Steinen nach ihm, und als er am Baumstamm herunterkam, schlug ein anderer mit einem Stock nach ihm. Das Leben rettete der Affe nur deshalb, weil die Jungen so fürchterlich lachten, als sie ihn in seinen weiten Hosen sahen. Bei diesem Gelächter konnte der Affe entkommen und erreichte mit letzter Mühe den Wald.

Der Fuchs kam auf seinem Weg zum Tempel durch ein Dorf und dachte, er könne es mit seiner Trommel schon einmal versuchen. Breitbeinig stellte er sich mitten auf die Straße, schlug auf die Trommel und ließ die Gebetsschnur durch die Finger gleiten. Als mehrere Leute neugierig näher kamen, sahen sie unter dem weiten Mantel den Fuchsschwanz hervorlugen und erkannten ihn obendrein noch

an seiner spitzen Nase. »Ein Fuchs, ein Dieb! Er hat den
Mantel eines Lama gestohlen!« Bevor die erbosten Dorfbewohner den Fuchs ergreifen konnten, war dieser schnell
zwischen den Häusern verschwunden und eilte nun dem
Walde entgegen. Die Gebetsschnur blieb an einem Strauch
hängen, und der lange Mantel hinderte ihn am Laufen gar
sehr. Erst als er den Mantel von sich warf, war er wieder
sicher auf seinen Beinen.

Bald trafen die drei Freunde wieder zusammen, stöhnten
und jammerten und erzählten sich von ihrem Mißgeschick.
»Das hat uns alles nur der Hase eingebrockt«, heulte der
Affe und hielt sich sein Hinterteil.

»Er hat sich dies alles nur ausgedacht, um uns umzubrin-
gen!« sagte der Fuchs und erzählte, daß die Leute ihn ums
Haar ergriffen hätten.

»Der Kerl muß sofort gefressen werden«, stieß der Wolf
mit zornbebender Stimme hervor und rannte los – zum
Haus des Hasen. Die anderen beiden liefen sofort hinterher, und so kamen sie fast gleichzeitig mit dem erbosten
Wolf beim Haus des Hasen an.

Als sie in das Haus einbrachen, sahen sie den Hasen auf
dem Fußboden liegen und stöhnen. »Au, au«, jammerte
er, »Gift, Gift, die Sachen sind vergiftet!« Dabei wälzte er
sich auf dem Fußboden hin und her, als werde er von inne-
ren Krämpfen geschüttelt. »Seid bloß froh, daß ihr nichts
aus dem Sack des Lama gegessen habt. Ich habe nur einen
einzigen Pfirsich daraus angebissen, und schon war es um
mich geschehen!« Der Hase hielt sich den Bauch, weinte
wie ein Verzweifelter und brachte gerade noch mit matter
Stimme dann hervor: »Lebt wohl, ich muß sterben, o weh,
lebt wohl, Freunde!« Und mit diesen Worten schloß er die
Augen, reckte sich noch einmal und blieb dann reglos und
steif liegen.

Die Tiere waren erschüttert; sie glaubten dem Hasen und
fielen in ein nachdenkliches Schweigen. »Das ganze Un-

glück kommt durch diesen alten Lama«, sagte der Affe, »der wollte uns vergiften; darum hat er auch die Säcke so schnell weggeworfen!« Die beiden anderen pflichteten ihm bei, schimpften auf den Mönch noch eine ganze Weile und begaben sich – wenn auch hungrig – bald zur Nachtruhe.

Am nächsten Morgen war der Fuchs zuerst wach und weckte mit lautem Gezeter und Gewinsel die anderen und rief: »Der Hase ist weg!«

»Und wo ist der Sack mit dem Essen?« fragte der Affe.

»Er hat den ganzen Sack mitgenommen und uns abscheulich belogen«, jaulte der Fuchs. »Diesmal soll er uns nicht entkommen!« rief der Wolf, und alle drei machten sich an die Verfolgung des Hasen.

Lange waren sie schon gerannt, hatten hinter jedes Gebüsch geschaut und hinter jeden Strauch, aber nicht das geringste von ihm gesehen, bis der Affe rief: »Seht an, er sitzt da drüben auf dem Berg!«

»Nun entkommt er uns nicht!« rief der Wolf und hetzte den Berg hinauf.

Der Hase dort oben saß ganz ruhig da und flocht ohne Eile an einem Korb. »Bursche, gleich habe ich dich!« rief der Wolf, aber der Hase erhob sich, verbeugte sich und sagte mit freundlicher Stimme: »Herr Wolf, Sie verwechseln mich wohl mit einem anderen Hasen. Ich sehe Sie hier in dieser Gegend zum erstenmal!«

»Und was ist mit dem Lama und mit meinen Stiefeln und mit all den schlechten Ratschlägen, he!«

»Ich weiß nicht, wovon Ihr redet, Herr Wolf! Ich sitze schon eine ganze Woche hier und habe niemanden gesehen, außer dem Hasen heute morgen, der einen schweren Sack über die Berge schleppte!«

»Das war er, das war er!« rief der Wolf und fragte nun genau, in welche Richtung der Hase mit dem Sack gelaufen sei.

Der Hase mit dem geflochtenen Korb wartete, bis der Affe und der Fuchs auf dem Berg ebenfalls angekommen waren und sagte dann bedeutungsvoll: »Der Hase mit dem schweren Sack hatte es offensichtlich eilig, er lief östlich hier den Hügel hinunter, ich schätze, er wird bald unten im Tal ankommen. Da unten aber liegt noch Schnee und der See ist vereist!«

»Wir fürchten keine Kälte«, knurrte der Wolf, »wie aber können wir den Betrüger einholen?«

»Das ist gar nicht so schwer«, sagte der Hase, »gleich um die Ecke ist ein Felsvorsprung. Wenn ihr drei euch in den Korb hier setzt, lasse ich euch an einem Strick hinunter, das geht sehr schnell und geräuschlos. Ihr werdet wohl noch vor dem Hasen unten am See ankommen!«

Den Tieren gefiel dieser Vorschlag sehr, sie begaben sich alle zu einer Felsplatte, von der aus man ins Tal hinuntersehen konnte. Schnell kletterten die Tiere in den Korb, und der Hase setzte einen Deckel darauf, verschnürte ihn fest mit einem Strick und stieß dann mit aller Kraft den Korb den Berg hinunter. Zuerst sauste der Korb ein ganzes Stück durch die Luft, dann stieß er an den Abhang an, schließlich an Vorsprünge, Bäume, Wurzeln und große Steine. Die Tiere wurden in dem Korb wie von Riesenfäusten gepackt, durcheinandergewirbelt, verkeilten sich ineinander und brachen sich fast das Genick. Der Fuchs schrie in Todesangst, der Wolf heulte vor Schmerzen und der Affe kreischte, als wollte man ihm an den Kragen.

Als der Korb endlich unten im Tal ausrollte und im Schnee liegenblieb, konnten die Tiere nicht aus ihm freikommen. Der Korb war fest zugeschnürt, der Deckel ließ sich nicht hochheben. Es brauchte längere Zeit, bis der Wolf ein Loch in den Korb genagt hatte und die Tiere herausschlüpfen konnten.

Zuerst mußten sich ihre Augen an den Schnee im Tal gewöhnen, doch dann sahen sie klar und erblickten einen

Hasen auf dem Eis des kleinen Sees sitzen und sich an einem Feuer wärmen. »Da sitzt ja der Betrüger!« rief der Affe.

»Jetzt haben wir ihn!« rief der Fuchs.

»Nun ist es gleich aus mit ihm!« rief der Wolf und wollte sich mit knurrendem Magen auf den Hasen am Reisigfeuer stürzen.

Da erhob sich der Hase am Feuer, starrte die drei wütenden Gesellen an und sagte: »Welch eine Ehre, gleich drei unbekannte Gäste! Willkommen, meine Herren, in unserem Tal!«

»Unbekannt!« rief da der Affe. »Du hast uns hereingelegt, und das schon dreimal!« schrie der Fuchs.

»Jetzt hat der Betrug ein Ende«, knurrte der Wolf und riß gierig schon sein Maul auf.

Da sagte der Hase: »Sie sind betrogen worden? Offensichtlich von einem Hasen, der mir ähnlich sieht. Jetzt begreife ich: Das war der Hase mit dem Sack, der vor kurzer Zeit den Berg herunterkam und sich hier am Feuer aufwärmte. Er blieb aber nicht lange, weil er sagte, die Verfolger seien hinter ihm her!«

»Und wo steckt der Kerl jetzt?« fragte mißtrauisch der Wolf.

»Er versteckte den Sack hinter den Felsen dort drüben. Er wird bald zurückkommen, um sich zu wärmen, denn er war schon ganz durchgefroren.« Und der Hase deutete bei diesen Worten auf eine Felsgruppe, die hinter dem See aufragte.

»Sofort zu den Felsen, schnell, wir fassen ihn!« rief der Fuchs.

»Leise, meine Herren, der Betrüger darf Sie nicht sehen und nicht hören. Er ist schnell und wird sofort flüchtig, wenn er Sie kommen sieht. Viel einfacher ist es, ihn zu fassen, wenn er hierher zum Feuer kommt. Hier können Sie sich in Ruhe wärmen und brauchen nur abwarten.

Aber leise sein, kein Wort darf er da drüben hören, keinen von Ihnen darf er sehen. Legen Sie sich einfach platt aufs Eis!«

Die Tiere waren dankbar für den guten Ratschlag und ließen sich am Reisigfeuer nieder, denn sie froren sehr. Ganz platt legten sie sich auf das Eis, die kalten Nasen nah am Feuer, die Schwänze im Schnee. Langsam brannte das Feuer herunter, der Reisighaufen fiel in sich zusammen, die Wärme nahm merklich ab. Das Eis am Feuer war etwas geschmolzen, und so lagen die drei Gesellen mit ihren Bäuchen bald in einer kalten Wasserlache. »Es wird zu kalt hier«, flüsterte der Hase, »ich gehe Reisig holen.« Er ermahnte die Tiere, ganz leise noch, sich ja nicht zu rühren, dann verschwand er.

Die Tiere froren entsetzlich in ihrer kalten Wasserpfütze auf dem Eis, aber kein Hase kam mit Reisig zurück. Und von dem Hasen mit dem Sack war erst recht nichts zu sehen. Der Fuchs war der erste, dem der Verdacht kam, daß sie vielleicht wiederum hereingelegt worden seien. Je heller es wurde, desto mehr wurde es ihnen zur Gewißheit, daß man sie anführen wollte. »Jetzt reicht es!« rief der Wolf und wollte aufstehen, konnte es aber nicht, da sein Schwanz im Eise hinten festgefroren war. Der Fuchsschwanz und der Schwanz des Affen waren ebenfalls festgefroren. Wie nun die Tiere sich zu befreien versuchten, hörten sie Hundegebell und Menschenstimmen. »Der Kerl hat uns an die Jäger verraten!« sagte der Fuchs, »wir müssen schnell hier weg!«

In ihrer Angst zerrten und zogen die Tiere ihre Schwänze mit solcher Gewalt aus dem Eis, daß diese wie Eiszapfen abbrachen. Nun standen die drei Gesellen auch noch ohne Schwänze da. Mit Schimpfen, Jaulen und Schmerzgeheul jagten sie über die Felder, rannten an einigen Dörfern vorbei und sahen mit einem Mal einen Brunnen, auf dessen breitem Rand ein Hase saß.

»Da ist er!« rief der Affe.

»Haltet den Betrüger«, bellte der Fuchs.

»Ich fresse ihn auf!« schrie der Wolf und setzte zum Sprung an.

Der Hase auf dem Brunnenrand erhob sich und deutete in den Brunnenschacht hinunter. »Keine Aufregung, meine Herren«, sagte der Hase, »ich habe eben den Betrüger erwischt, den Sie suchen. Das ganze Tal ist längst auf den Beinen und hat die Verfolgung aufgenommen. Ich aber habe ihn erwischt und in diesen Brunnen getrieben!« Der Hase beugte sich bei diesen Worten weit über den Brunnenrand und lud die Tiere ein, sich den Gefangenen in der Tiefe selbst anzusehen. Der Wolf sprang sofort vor, schaute in den Brunnen und sah im Wasser unten das Spiegelbild des Hasen. »Wir haben ihn, es ist aus mit ihm! Endlich!« rief der Wolf, »ich werde ihn gleich heraufholen!«

»Langsam, langsam«, sagte der Hase, »den müßt ihr schon zu dritt da unten fangen, sonst entkommt er euch doch noch!« Die Tiere in ihrem blinden Eifer stellten sich auf den Brunnenrand und schauten in den Schacht. »Ich kann ihn nicht mehr sehen!« rief der Affe.

»Dann schnell hinunter!« rief der Hase, »er versteckt sich da unten!«

Bei diesen Worten stürzten sich die drei Tiere hinunter in den Brunnen, denn diesmal wollten sie nicht wieder zu spät kommen. Als sie unten in dem tiefen Brunnen aufschlugen, brachen sie sich alle drei das Genick.

Der Hase blickte noch einmal hinunter in den Schacht, und als er seine Verfolger alle tot da unten liegen sah, brach er auf und eilte nach Hause. In aller Ruhe holte er nun die versteckten Mohrrüben unter der Türschwelle hervor und konnte nun endlich seine Mahlzeit halten.

Das letzte Wort

An einem Teich wohnten einmal zwei Reiher und eine Schildkröte, die waren Freunde und gute Nachbarn. Gemeinsam sonnten sie sich auf der Sandbank, schwammen auf dem Teich und spielten miteinander.

Freundschaft aber ist leicht zu halten, wenn die Zeiten gut und die Pfannen voll sind. Echte Freunde bewähren sich erst in schlechten Tagen.

Auf eine Reihe von Jahren mit reicher Ernte folgt plötzlich dann wieder ein Jahr des Mangels – und es kommt dann meist, wenn niemand es vermutet.

So zog eines Jahres eine große Dürre herauf und ließ Flüsse und Bäche austrocknen. Von März bis August fiel kein einziger Regentropfen, der Boden dörrte aus und zeigte bald kleine und bald große, breite Risse.

Der Teich, an dem die drei Freunde wohnten, verwandelte sich allmählich in einen sumpfigen Tümpel, denn das Wasser verdunstete in der übergroßen Hitze.

Die beiden Reiher ließen bald die Flügel hängen und seufzten schwer und tief. Die Schildkröte zog den Kopf ein und lag unbeweglich im Sumpf. Vorbei waren die Tage der frohen Spiele, und der Hunger zog ins Land. Längst war kein einziger Fisch oder Frosch mehr zu finden, so daß die Reiher oft tagelang wegflogen, um an fernen Teichen wenigstens einen kleinen Bissen zu erhaschen.

Eines Tages blieben sie lange, kamen erst am späten Abend zurück und sprachen dann zu ihrer Freundin: »Schwester Schildkröte, die Dürre will nicht enden, hier können wir nicht mehr bleiben. In den Bergen am Himmelssee ist es noch kühl und schattig, dort gibt es Wasser in Fülle. Der See ist tief, dort gibt es noch viele Fische, wir müssen dorthin umziehen und dir Lebewohl sagen.«

Die Schildkröte erschrak bei diesen Worten und fing jämmerlich zu klagen an: »Was, ihr wollt mich verlassen? Eure beste Freundin wollt ihr hier einfach sitzenlassen? Was soll ich hier alleine anfangen? Ich muß hier ja verhungern! Ja, ihr beide könnt fliegen und mit euren hohen Beinen schnell rennen, aber ich – ich komme nur langsam voran! Wenn ihr losfliegt, so seid ihr beide morgen abend schon am Himmelssee, unsereins braucht Jahre dazu. Nein, das könnt ihr mir nicht antun!« Und die Tränen kullerten ihr bei diesen Worten in dicken Tropfen aus den Augen.

Die Reiher, die ein gutes Herz hatten, mochten wohl ihre Köpfe abwenden, aber sie begannen selbst zu weinen und konnten es nun nicht übers Herz bringen, ihre Freundin zu verlassen.

So verschoben sie erst einmal ihre Abreise in der Hoffnung, es könnte in den nächsten Tagen doch noch regnen. Das Wetter aber blieb, wie es war, glühendheiß und knochentrocken. Der Boden des Teiches dörrte aus, der Sumpf wurde zu rissiger, staubiger Erde. Die Reiher steckten die Köpfe zusammen und erkannten, daß sie schleunigst wegfliegen müßten, solange sie noch bei Kräften waren. So beschlossen sie, am nächsten Morgen unverzüglich aufzubrechen.

Diese Beratungen blieben der Schildkröte nicht verborgen. »Nein, ihr dürft ohne mich nicht abreisen, ihr müßt mich mitnehmen!« So weinte sie in einem fort.

Mitnehmen? Das war leichter gesagt als getan. So verfielen sie alle drei in tiefes Nachdenken.

Lange Zeit fiel keinem etwas ein, dann aber rief plötzlich einer der Reiher: »Ich glaube, ich hab's! Schwester Schildkröte, vielleicht können wir dich mitnehmen!«

Und er flüsterte dem anderen Reiher etwas ins Ohr, was die Schildkröte nicht verstehen konnte. Der andere Reiher nickte erfreut und schien zuzustimmen.

»Was für eine Lösung habt ihr? Kann ich mitkommen? Sagt schnell, sagt schnell!« So rief da erregt und gespannt die Schildkröte.

»Ja«, sagten da die Reiher bedeutungsvoll, »wir glauben, wir haben die Lösung gefunden. Wir nehmen einen Stock, den halten wir beim Flug mit unseren Schnäbeln an beiden Enden – und du beißt dich in der Mitte des Stockes fest. So starten wir, und du fliegst zwischen uns an dem Stock mit uns durch die Lüfte bis zum Himmelssee!«

Die Schildkröte war ganz närrisch vor Freude. Die Reiher aber schärften ihr ein: »Du darfst aber unterwegs niemals sprechen! Wenn du nur ein einziges Wort sagst, so wird es dein letztes sein!«

Die Schildkröte schüttelte den Kopf und meinte, so dumm und leichtsinnig könne gar niemand sein auf der Welt.

Die Reiher kannten aber die Geschwätzigkeit ihrer Freundin sehr gut und gaben noch zu bedenken: »Wer vom Himmel fällt, dem kann kein Reiher mehr helfen!« Die Schildkröte beteuerte, sie werde niemals den Mund öffnen und immer fest zubeißen.

Die Reiher suchten einen genügend langen Stock, und alle drei schliefen sie befriedigt ein. Es war die letzte Nacht in ihrer Heimat, von der sie nun Abschied nehmen wollten. Gleich nach Sonnenaufgang rüsteten sie sich zum Abflug. Die Schildkröte biß sich in der Mitte des Stockes fest, die Reiher faßten an den beiden Enden des Stockes mit ihren Schnäbeln kräftig zu, und mit wenigen Flügelschlägen hatten sie sich schon in die Lüfte erhoben.

Bald stiegen sie hoch hinan. Unter ihnen verschwand bald der staubige Tümpel, dafür wurden Felder und Wälder sichtbar, Dörfer und Städte, da und dort ein Tempel und bald die Kette der weißen, schneebedeckten Berge weit in der Ferne. Das war ihr Ziel. In diesen Bergen lag der Himmelssee.

Die Bauern unten auf der Erde schauten erstaunt hoch zu den Reihern, zeigten mit den Fingern nach oben und riefen einander zu: »Da schaut! Eine Schildkröte läßt sich von Reihern durch die Lüfte tragen! Ein so kluges Tier hat noch keiner gesehen!«

Die Schildkröte hörte dies und war sehr geschmeichelt. Vor Freude über dieses Lob biß sie noch fester in den Stock und dachte bei sich: »Selbst die Menschen erkennen, wie klug ich bin! Haben sie nicht sogar gesagt, ich sei das klügste Tier überhaupt?«

Bei diesem Gedanken wurde ihr ganz wohl und sie fühlte, wie ihr Herz schneller schlug.

Die Reiher hatten dies zwar auch gehört, aber sie machten sich nichts daraus und flogen weiter, immer weiter, den Bergen entgegen.

Da kamen unten auf der Erde einige Knaben in Sicht, die auf einem Hügel Ziegen und Schafe hüteten. Als die Knaben das seltsame Gespann in den Lüften daherziehen sahen, rief einer von ihnen erstaunt aus: »Seht mal, zwei Reiher halten einen Stock – und daran tragen sie eine Schildkröte durch die Luft. Es gibt doch nichts Klügeres als einen Reiher!«

Ein anderer Knabe rief: »Welch ein schlauer Gedanke, eine Schildkröte auf diese Weise mitzunehmen!«

Die Schildkröte hörte dies und ärgerte sich maßlos. In ihrem Stolz und in ihrer Eitelkeit hatte sie sich nämlich bereits eingeredet, der Einfall mit dem Stock sei ihr selber gekommen.

In aufkeimendem Jähzorn bäumte sie sich auf und rief den Hirtenknaben von oben zu: »Hört!«

Dies war aber bereits ihr letztes Wort, denn sie hatte ja den Stock losgelassen und fiel wie ein großer schwerer

Stein vom Himmel. An einem Felsvorsprung zerschellte sie.
Seither haben Reiher nie mehr Schildkröten durch die Luft getragen, und seither sind die Schildkröten recht nachdenklich und schweigsam geworden.

Fledermaus, Rabe und Elster

In alten Zeiten lebte die Fledermaus wie alle anderen Vögel im Wald.

Jeden Morgen, gleich nach Sonnenaufgang, flog sie aus ihrem Nest, sang nach Herzenslust und suchte sich ihr Futter. Diese schöne Zeit aber ging eines Tages zu Ende, und das kam durch ihre eigene Schuld.

Eines Tages nämlich stritten sich der Rabe und die Elster um eine Ähre auf dem Feld. Der Rabe wollte sie zuerst gesehen und die Elster wollte sie zuerst gefunden haben. Jeder wollte sie nämlich für sich haben und allein fressen. Keiner von beiden gab nach, und der Streit artete schließlich in eine fürchterliche Schlägerei aus. Dabei flogen sie von Baum zu Baum und kamen vom Wald ganz hinaus auf eine große Wiese. Die Fledermaus saß während dieses Streites ganz nahe dabei auf einem Baum und hatte alles gehört und alles gesehen.

Als die beiden, Rabe und Elster, verschwunden waren und ihr Streit nur noch von ferne vernehmbar war, hüpfte sie von Ast zu Ast immer weiter in der Krone des Baumes nach unten und flog schließlich ganz schnell auf den Boden, packte die Ähre und trug sie davon.

In einem Versteck hielt sie Mahlzeit, fraß sich satt und flog dann fröhlich zwitschernd im Wald umher und tat, als ob nichts geschehen sei.

»Wenn Rabe und Elster sich streiten«, dachte die Fledermaus bei sich selbst, »dann ist es für mich am besten.« Sie flog zum Nest des Raben, in dem der arg zugerichtete Vogel nun Zuflucht gesucht hatte. Die Elster hatte ihn grün und blau geschlagen. Die Fledermaus setzte sich zu ihm und sagte in leisem, beruhigendem Ton: »Bruder Rabe, du bist mir der Liebste von allen hier im Wald. Ich kann es nicht haben, wenn andere dich beschimpfen. Darum komme ich und will dir getreulich berichten, was die Elster eben gesagt hat. Sie sagte, du seiest ein elender schwarzer und häßlicher Dummkopf, der anderen Vögeln Getreideähren stiehlt.«

Der Rabe hörte dies, ergrimmte vor Wut und schimpfte los: »Dieser Tagedieb und Taugenichts! Warte nur, wenn ich die Elster eines Tages erwische, dann wird es ihr aber schlecht ergehen!«

Die Fledermaus tat ganz scheinheilig, empörte sich ebenfalls über die Elster, schimpfte tüchtig mit und flog dann wieder weg. Sie flog schnurstracks zum Nest der Elster, setzte sich auf den Rand und flüsterte ihr ins Ohr: »Schwester Elster, Schwester Elster, du bist mir die Liebste von allen hier im Walde. Ich kann es nicht haben, wenn andere dich beschimpfen. Darum komme ich und will dir getreulich berichten, was der Rabe eben gesagt hat. Er hat gesagt, du seiest ein Tagedieb und ein Taugenichts und es werde dir schlecht ergehen, wenn er dich eines Tages erwischt.«

Die Elster geriet außer sich vor Wut und schwor dem Raben Rache. Seither sind Rabe und Elster Feinde. Beide aber hielten sie die Fledermaus für ihre größte Freundin, die sie oft zu sich einluden. Diese Feindschaft blieb den anderen Vögeln im Wald nicht verborgen. Der König der Vögel, der Phönix, erfuhr auch davon. Er setzte es sich in den Kopf, die beiden wieder zu versöhnen und berief eine große Versammlung ein.

Und so kamen sie alle zusammen, die Lerche, der Kuckuck, der Häherling, der Rabe, die Elster und viele, viele andere, auch die Fledermaus kam.

Als alle Vögel versammelt waren, befahl der Phönix, Rabe

und Elster möchten ihre Streitsache vorbringen, es gehe aber nicht um Bestrafung, im Gegenteil, es gehe hier um Versöhnung.

Der Rabe trat als erster vor und berichtete die Sache mit der Getreideähre. Diese Sache hätte er ja noch einmal auf sich beruhen lassen, sagte der Rabe, wenn ihn die Elster nicht obendrein dann noch als einen elenden schwarzen und häßlichen Dummkopf bezeichnet hätte. Damit sei endgültig das Maß voll.

Die Elster hüpfte bei dieser Aussage schon ungeduldig von einem Bein auf das andere und unterbrach: »Und er hat mich einen Tagedieb und Taugenichts genannt!«

»Habe ich zu dir selbst so etwas gesagt? Wann, bitte? Wo, bitte? Und vor wem, bitte?« schrie der Rabe zurück. »Ich habe dies nur im Zorn gerufen, als man mir deine Schimpfworte hinterbrachte.«

»Wir brauchen in diesem Streitfall Zeugen«, sagte der Phönix, und er bat den Raben und die Elster, je einen Zeugen zu benennen.

»Die Fledermaus ist mein Zeuge!« riefen da beide wie aus einem Munde. Da mußte die Fledermaus vortreten, und der Phönix befahl ihr, genau zu berichten, was sie wisse, was sie gehört habe und wer etwas zu ihr gesagt habe.

Die Fledermaus erschrak, begann zu stammeln und konnte kein einziges Wort hervorbringen. Sie wurde rot im Gesicht, wagte weder den Raben noch die Elster anzusehen, ließ den Kopf hängen und flog schnell davon, als die beiden Hitzköpfe, Rabe und Elster, sie zu einer Aussage drängten. Nun aber kam der ganze Betrug heraus, als die beiden erzählten, wie die Fledermaus bei jedem Nest vorbeigekommen war und ihre Lügen verbreitet hatte. Und sie schilderten der ganzen Versammlung, wie die Fledermaus bei jedem von ihnen späterhin oftmals zu Gast gewesen war und ihre bösen Verleumdungen wiederholt hatte.

Da bereuten der Rabe und die Elster ihren Streit, versöhnten sich wieder und hielten von da an gute Nachbarschaft. Die Fledermaus aber flog aus dem Wald fort, zog zu den Menschen in die Dörfer und lebt seither unter den Dachtraufen. Da sie sich schämt, flattert sie immer nur in der Nacht umher und fängt in der Dunkelheit ihre Beute. Da von den anderen Vögeln niemand mehr mit ihr etwas zu tun haben wollte, wird sie seither auch nicht mehr als Vogel angesehen. Man sagt, es sei eine Maus, die flattert.

Wie der Fuchs einmal hereinfiel

Den Fuchs kann kein Tier im Walde leiden, er ist böse und hinterhältig, treibt seinen Schabernack mit allen Tieren, täuscht sie und legt sie herein, wo er kann.

Lange Zeit war es keinem von ihnen gelungen, dem Fuchs seine Streiche heimzuzahlen. Dieses ärgerte den Affen und er dachte lange nach. Er legte seine Stirn kraus in Falten und faßte schließlich einen Plan.

Voller Freude hüpfte er vom Baum und erzählte seinen Plan sogleich dem Hasen, der unten im Grase sein Nest hatte. Die beiden machten aus, daß sie gemeinsam zum Fuchs gehen sollten. Der Hase sollte auf einer Anhöhe warten und das Geschehen aus sicherem Versteck verfolgen.

Als der Affe den Fuchs gefunden hatte, rief er schon von weitem: »Ist das nicht ein wunderschöner Tag, lieber Fuchs? Der Tag ist so schön, daß unsereinem nur noch eines zu seinem Glück fehlt.«

»Und was wäre dies?« fragte der Fuchs.

»Das ist natürlich ein guter Bissen, aber wir Affen haben ja kein Glück. Du bist schon besser dran, ja wenn du's schlau anfängst, kannst du dir sogar den besten Bissen in der ganzen Welt holen.«

Bei diesen Worten spitzte der Fuchs die Ohren.

»Der beste Bissen von der Welt, das ist ja ganz interessant. Könntest du mir da Näheres verraten?«

»Nun ja, ich habe die Sache auch erst heute früh vernommen«, antwortete der Affe. »Der beste Bissen in der ganzen Welt ist doch ein Stück Fleisch vom Hinterteil eines Pferdes. Es ist natürlich nicht so leicht zu kriegen, denn man muß eine List anwenden.«

»Und was ist das für eine List?« fragte der Fuchs.

Der Affe flüsterte dem Fuchs ins Ohr: »Man muß seinen eigenen Schweif an den des Pferdes anbinden.«

»Und auf welche Weise und wie kann das geschehen?«

Der Affe blinzelte mit den Augen und meinte: »Das Geheimnis ist, daß man den eigenen Schwanz ziemlich straff an den Pferdeschwanz anbindet, denn wenn das Pferd losrennt, kommst du ihm nicht nach, so aber muß das Pferd dich tragen und du kannst dann schön in das saftige Fleisch beißen.«

Der Affe senkte bedeutungsvoll die Stimme und sagte zum Fuchs: »Ich will dir gerne verraten, das Pferd liegt noch in tiefem Schlaf. Ich komme eben vorbei und habe es schnarchen hören.«

Der Fuchs hatte die Ohren gespitzt, aber je unruhiger er innerlich wurde, desto weniger Bewegung zeigte er nach außen. Er meinte nach einiger Zeit zum Affen: »Ich werde mir die Sache überlegen, wir können die ganze Angelegenheit ja noch mal später besprechen. Ich möchte dich nur bitten, niemand davon zu unterrichten.«

Damit zog er seinen Schweif ein und machte sich geschwind aus dem Staub, schlau wie er war.

Der Affe wandte sich ebenfalls ab und verschwand bald hinter den Büschen. Als der Fuchs sah, daß der Affe verschwunden war, kehrte er heimlich zurück und spähte nach dem Pferd aus. Bald fand er es, wie der Affe es geschildert hatte, und sah das Pferd in tiefem Schlaf liegen.

Heimlich schlich der Fuchs heran und knotete schnell seinen langen Schwanz an den Pferdeschweif.

Als seine Schnauze an das Hinterteil stieß, biß er einmal kräftig hinein. Das Pferd erschrak, sprang blitzschnell hoch und galoppierte los, weil es nicht wissen konnte, was da geschehen war. Der Fuchs hatte sich in dem guten saftigen Fleisch derart verbissen, daß er zuerst mitgeschleppt, dann aber bei dem Galopp abgeschüttelt wurde. Nun war sein Schweif aber an den Schwanz des Pferdes fest angebunden, und so wurde der Fuchs auf seinem Rücken auf den steinigen Wegen durch den Staub geschleift.

»Au, au!« bellte er, »halt ein, au, au! Das ist ja schrecklich!«

Er wußte nicht, wie er sich schützen sollte. Sein ganzes schönes Fell, sein buschiger Schwanz, alles wurde durch den Staub gezogen.

Der Affe, der nicht sehr weit gegangen und auf einen Baum geklettert war, hatte das alles mit angesehen.

Als der Fuchs durch den Staub geschleift wurde, mußte er so lachen, daß er seinen Halt verlor, vom Baum herunterpurzelte und auf sein Hinterteil fiel, das rundum ganz rot wurde.

Der Hase auf seiner Anhöhe schüttelte sich ebenfalls vor Lachen so heftig, daß er einen Spalt in seiner Lippe bekam.

Auf diese Weise haben die Affen bis zum heutigen Tag ein rotes Hinterteil und die Hasen eine Scharte in der Oberlippe.

Die Pferde aber legen sich seither kaum zum Schlaf nieder und ruhen nur kurze Zeit am Boden, wenn sie müde sind.

Die Füchse aber haben bis heute fleckige Zeichen am ganzen Fell und manchmal am Schwanz. Das alles rührt von jenem Tage her, an dem der Fuchs einmal hereingefallen war.

Der Tschatschatatutu und der Phönix

Der winzigste und unansehnlichste aller Vögel ist der Tschatschatatutu. Der edelste, wundervollste und farbenprächtigste Vogel aber ist der Phönix.

Eines Tages saß der Tschatschatatutu in seinem Grasnest und legte drei Eier hinein. Eine Zwergmaus lugte nebenan aus ihrer Höhle heraus. Als der Tschatschatatutu weggeflogen war, huschte sie schnell aus ihrer Höhle und knabberte die Eier an. So machte sie es mehrere Tage lang, bis nur noch ein Ei im Nest lag. Der hilflose und arme Vogel wußte sich keinen anderen Rat, als zum Phönix, dem König aller Vögel, zu fliegen und die Zwergmaus zu verklagen. »Majestät«, sagte der Tschatschatatutu, »ich komme in meiner Not zu Euch. Drei Eier habe ich in mein Nest gelegt, zwei davon hat eine niederträchtige Zwergmaus gefressen. Drei Eier sind drei Kinder, und zwei Kinderlein habe ich dadurch nun verloren. Diese Tat darf nicht ungestraft bleiben. Ihr seid der höchste Richter im Reich der Vögel. Ich bitte Euch, helft mir!«

Der Phönix war sehr selbstherrlich und sah den kleinen Tschatschatatutu nur von oben herab an. Ärgerlich über die Störung rief er: »Hab keine Zeit, mich mit Nichtigkeiten abzugeben. Wie kannst du mich denn wegen zweier Eier behelligen? Du selbst mußt auf deine Kinder aufpassen, so wie alle Vogelmütter. Da hast du selbst schuld!«

Der Tschatschatatutu war ganz verzagt und dem Weinen nahe. Mit kleinlauter Stimme sagte er: »Wo ist da noch Gerechtigkeit? Ihr schaut auf mich herab und meint, ich mache wegen einer kleinen Sache großen Lärm. Ich kam zu Euch, weil Ihr der König der Vögel seid. Ihr solltet den Armen beistehen. Und zwei kleine Eier sind für Euch nur eine Kleinigkeit, deretwegen Ihr nicht gestört werden wollt. Vielfach aber haben selbst kleine Dinge schon zu großem Unglück geführt. Gebt mir nicht die Schuld, wenn später einmal Unheil kommen sollte.«

Der Phönix hörte schon längst nicht mehr zu und schlug ungeduldig mit seinen Flügeln. Der Tschatschatatutu sah, daß der König der Vögel für ihn kein Ohr hatte und flog traurig zu seinem Nest zurück.

Voller Ingrimm saß er nun da und dachte nach, wie er sich selbst helfen könnte. Vieles überlegte er, vieles verwarf er wieder. Plötzlich hatte er einen Gedanken und sprang auf. In der Wiese pflückte er einen starken Grashalm und machte daraus einen spitzen Pfeil. Hinter einem dichten Strauch legte er sich dann auf die Lauer und wartete auf die diebische Zwergmaus.

Nach einiger Zeit machte es ›tipp, tapp, tipp, tapp‹ – die Zwergmaus schlich sich heran. Der Tschatschatatutu war so erbost, daß er schnell vorpreschte und mit seinem Pfeil der Zwergmaus ein Auge ausstach. Diese schrie auf, wußte aber gar nicht, was eigentlich geschah. In ihrem Schmerz raste sie quietschend im Kreis herum. Dann schoß sie wie ein Blitz durch das Gräsermeer, so tat ihr das Auge weh, und landete zuletzt im Nasenloch eines Löwen. Dieser hielt an einem See ein Mittagsschläfchen. Der Löwe fuhr jäh aus dem Schlaf hoch und sprang kopfüber in den See, da er ja nicht wußte, was ihn in seinem Nasenloch kitzelte. Im Wasser lag träge ein Drache, der gähnend sein Maul aufriß. Da er plötzlich den Löwen vom Ufer auf sich zu-stürzen sah, dachte er, es gehe um sein Leben und erhob sich mit fürchterlichen Schlägen seines Schwanzes in die Luft. Hoch oben im Reich der Berge und Lüfte aber lebte der Phönix.

Blind noch vor Schreck, stieß der Drache an das Phönixnest und zerbrach dabei das Ei, das im Nest lag. Der Phönix fuhr auf und herrschte den Drachen an: »Du Elender! Zerschlägst mir mein Ei im Nest! Nie hat bisher ein Drache mit einem Phönix Streit gehabt. Du lebst meist im Wasser und ich meist auf dem Lande und in der Luft. Du weißt aber, daß wir Phönixe nur einmal im Jahr ein einziges Ei legen, warum kommst du aus dem Wasser und zerstörst mein Nest und das kostbare Ei? Was habe ich dir denn getan?«

Der Drache machte ein recht betroffenes Gesicht, sagte aber im Tone der Verteidigung: »Ich habe keine Schuld. Ihr müßt Euch beim Löwen beschweren, denn schuld hat der Löwe allein. Ich schwamm ganz ruhig im See dahin, friedlich wie immer, da springt mich plötzlich ein Löwe an und will mich packen. Soll ich mich denn fressen lassen? Ich flog eben in die Luft, und nur durch einen unglücklichen Zufall geriet ich an Euer Nest und zerbrach das Ei. Entschuldigt vielmals, aber schuld allein ist der Löwe!«

Unverzüglich flog der Phönix zum Löwen und machte ihm die bittersten Vorwürfe. »Ich?« sagte der Löwe, »ich soll an diesem Unglück schuldig sein?« Dabei machte er mit den Pfoten eine abwehrende Bewegung. »Ich lag im tiefsten Schlummer am See, als mit einem Mal eine Zwergmaus mir ins Nasenloch huschte und mich kitzelte. Ich sprang vor Schreck ins Wasser und sah erst später, was eigentlich geschehen war. Die Schuld trifft allein die Zwergmaus.« Der Phönix machte sich daher auf den Weg zur Zwergmaus.

»Ich bin unschuldig«, piepste die Zwergmaus. »Der Tschatschatatutu ist an allem schuld. Einen Pfeil hat er mir ins Auge gestochen; vor Schmerz rannte ich los und hielt das Nasenloch des Löwen für eine kleine Höhle. So ist alles gekommen.« Ärgerlich machte sich der Phönix auf zum Tschatschatatutu. »Kennt Ihr mich überhaupt noch?« fragte mit vorwurfsvoller Stimme der kleine Grasvogel. »Erinnert Ihr Euch an meinen Besuch und an Eure eigenen Worte? Ihr habt mich ungeduldig und schnell abgefertigt, als ich damals zu Euch kam. Ihr sagtet, jeder Vogel müsse auf seine Eier selbst aufpassen. Das habe ich damals mir zu Herzen genommen und habe mein Nest verteidigt. Die Zwergmaus war auf dem Weg zu meinem Nest, um mein letztes Ei zu fressen, da habe ich ihr das Stehlen ausgetrieben. Jawohl, den Pfeil habe ich als Waffe gebraucht. Ich habe Euch vorher gewarnt: Aus Kleinigkeiten könnte einmal Unheil entstehen. Ihr aber hattet für mich kein Ohr. Wer ist also schuld an allem? Wer?«

Der Phönix schwieg bei diesen Worten, wurde rot vor Scham und flog kleinlaut von dannen.

Warum der Hahn am Morgen kräht

In alten Zeiten lebten einmal der Hahn und der Adler in einem abgelegenen Tal des Gebirges einträchtig zusammen. Sie hatten Freundschaft geschlossen und halfen sich gegenseitig. Sie erzählten sich viel, lachten dabei und vertrieben sich die Zeit.

Als sie aber einander längst alles erzählt hatten, was sie wußten und was sie erlebt hatten, da wurde es ihnen allmählich langweilig. Gerne hätten sie beide einmal etwas Neues erlebt.

An einem lauen Sommerabend schauten sie beide der untergehenden Sonne zu und fingen dabei zu gähnen an. Da kam dem Adler ein Gedanke, er reckte den Hals und rief: »Weißt du was, Hahn, wir gehen einmal in die Wirtschaft und trinken Schnaps!« Auf den Gedanken mit der Schenke war er gekommen, weil die Dorfschenke im Westen lag, da wo die Sonne untergeht. Der Hahn fuhr auf, plusterte sich und war hocherfreut über den Vorschlag.

Sogleich machten sie sich reisefertig, schwangen sich in die Lüfte und flogen zum nächsten Dorf im Westen. Vorsichtig ließen sie sich vor der Wirtschaft nieder und spähten zur Tür hinein. In einem günstigen Augenblick schlüpften sie in die Gaststube und bestellten sich eine Kanne besten Branntweins. Der Wirt war zwar etwas erstaunt über die beiden seltsamen Gäste, aber er brachte ihnen das Gewünschte und schenkte ein.

Bald zog ihnen der Branntwein in die Beine, und als sie aufstehen wollten, mußten sie sich am Tisch und an den Bänken festhalten. Sie schwankten zur Tür hinaus und wollten sich schon auf den Heimweg machen, als der Wirt hinter ihnen auftauchte und die Bezahlung der Zeche verlangte.

»Erst wird bezahlt und dann erst geht's nach Hause«, sagte der Wirt und packte die beiden Gesellen am Schopf.

Da war guter Rat teuer, sie hatten überhaupt nicht daran gedacht, Geld mitzunehmen und hatten nicht die kleinste Münze bei sich. Kleinlaut und betroffen versuchten sie nun, den Wirt milde zu stimmen und die Zeche anschreiben zu lassen – bis zu ihrem nächsten Besuch.

Der Wirt aber, der die beiden Gefiederten in seiner Schenke vorher noch nie gesehen hatte, war mißtrauisch und drohte damit, sie so lange einzusperren, bis sie die Zeche bezahlt hätten.

Der Adler, der etwas weniger betrunken war als der Hahn, erkannte sogleich, daß der Aufenthalt hinter den Gittern eines Käfigs eine schreckliche Sache sein müßte und er beschloß, wenigstens sein Leben und seine Freiheit zu retten.

Scheinheilig schlug er vor: »Gut, ich fliege nach Hause und hole das Geld. Der Hahn ist ohnehin heute nicht so richtig auf den Beinen, er wartet hier, bis ich wiederkomme.«

Dem Hahn brummte der Kopf, er konnte gegen diesen Vorschlag nichts einwenden und wurde daher als Pfand dabehalten und in einen Käfig gesperrt. Da bekam er es aber doch etwas mit der Angst zu tun und rief dem abfliegenden Adler nach: »Aber mach schnell und komm bald wieder. Ich will schließlich nicht lange in diesem Gefängnis sitzen!«

»Keine Sorge«, rief der Adler, »ich bin bald zurück!«

Die Flügel waren ihm zwar bleischwer geworden, aber der Adler konnte sich in Sicherheit bringen und traf glücklich noch vor Anbruch der Nacht in seinem Horst ein.

Da die beiden Freunde ohnehin nie Geld in ihren Taschen hatten, sprach der Adler zu sich selbst: »Wichtig ist, daß wenigstens einer von uns gerettet ist!« Damit beruhigte er sein schlechtes Gewissen.

Der Hahn aber wartete die ganze Nacht auf die Rückkehr des Adlers, wurde immer unruhiger und ungeduldiger, ja er wurde sogar richtig zornig und wollte mit lauter Stimme den Adler herbeirufen. Da ihm aber der Branntwein in einer besonderen Weise über die Kehle gelaufen war, geriet sein dreifacher Ruf nur zu einem heiseren »Kikeriki – kikeriki – kikeriki!« Der Wirt wachte bei diesen merkwürdigen Rufen auf und sah, daß gerade der Morgen dämmerte.

Vergeblich blickte der Hahn hinter seinen Gitterstäben hervor, weit und breit war von einem Adler nichts zu sehen. Tagelang, wochenlang wartete er, dann erkannte er, daß man ihn hatte sitzenlassen.

Der Wirt aber behielt den Hahn, ließ ihn eines Tages aus dem Käfig – und so blieb der Hahn bei den Menschen und weckt sie jeden Morgen ganz gewissenhaft.

Vom Branntwein aber hat er seine heisere Stimme bis zum heutigen Tage. Dreimal vor Sonnenaufgang ruft er jeden Tag laut und weithin vernehmbar: »Kikeriki!«

Der Bär und der Schakal

Eines Tages verbrüderten sich einmal ein Bär und ein Schakal. Unter Brüdern aber heißt es teilen: die eine Hälfte dem einen, die andere Hälfte dem andern.

Bald wurde dem Schakal klar, daß der Bär nichts vom Teilen hielt und er dachte nach, wie er ihm eine Lehre erteilen und ihn vielleicht sogar loswerden könnte. Der Schakal hatte die schwache Stelle des Bären genau erkannt, denn der Bär wollte sofort auch das alles haben, was der Schakal sich erbeutet hatte. Und so machte sich der Schakal auf zu einem Feld mit roten Pfefferschoten, brach etliche ab und tat so, als äße er sie auf.

Alsbald kam der Bär angetrottet und wollte auch Pfefferschoten haben. Der Schakal sagte: »Sei leise, das Feld gehört dem König und der hat den Zutritt zu diesen Schoten streng verboten!«

Der Bär aber bedrängte den Schakal und schlüpfte ebenfalls unter die Stauden. »Sei vorsichtig!« rief leise der Schakal, »ich laufe den Hügel hoch und sehe nach, ob jemand kommt. Wenn die Luft rein ist, kannst du Schoten essen, soviel du willst!«

Der Bär brummte zufrieden und machte sich sofort an die Schoten. Vom Hügel aus beobachtete der Schakal seinen ungeliebten Bruder und hörte diesen alsbald aufjaulen, denn der Bär hatte sich den Mund und die Zunge an den Pfefferschoten sogleich verbrannt.

Wütend kam er den Hügel hochgestapft. Der Schakal aber war auf der Hut und hatte sich vor einem Hornissennest niedergelassen. Als der Bär in seine Nähe kam, tat er so, als schlage er eine Trommel. »Ich will auch die Trommel schlagen!« rief der Bär.

»Sei still, es könnte jemand kommen«, zischte der Schakal und gab vor, auf den noch höheren Nachbarhügel zu steigen und Ausschau zu halten. »Wenn ich dir ein Zeichen gebe, kannst du trommeln nach Herzenslust«, flüsterte ihm der Schakal zu.

Der Bär wartete ungeduldig, bis der Schakal den Hügel erreicht hatte und ihm ein Zeichen gab. Mit vollen Tatzen hieb dann der Bär auf die vermeintliche Trommel ein. Das Hornissennest brach weit auf, ein ganzer Schwarm stieg in die Luft, schwirrte um den Bären, und die Hornissen zerstachen ihn derart, daß er sich bald heulend am Boden wälzte.

Wütend und voller Zorn hastete er auf die Anhöhe, um dem Schakal die heftigsten Vorwürfe zu machen. Der Schakal hatte sich in ein Lianennetz gerettet und schaukelte darin wie in einer Hängematte. Der Bär sah seinen schaukelnden Blutsbruder und wollte sofort auch mit auf diese Schaukel. Der Schakal beschwor ihn, davon abzulassen, ein Bär, so sagte er, sei viel zu schwer für die dünnen Lianen.

Der Bär aber wollte nicht hören, packte eine Liane und versuchte, die Schaukel zu sich heranzuziehen. Mit seiner rohen Kraft gelang ihm dies sogar, und er wälzte sich auf die schaukelnde Matte. Der Schakal erkannte sofort die Gefahr, sprang ab und gab mit seinem Absprung der Schaukel einen Stoß in die andere Richtung.

Weit hinaus schaukelte der Bär, unter sich gewahrte er Büsche und einen tiefen Abgrund. Der Bär aber war so schwer, daß das Netz der Lianen zerriß; er wurde weit hinausgeschleudert, stürzte in den Abgrund und fand dabei einen schnellen Tod.

So hatten ihn seine Gier, seine Ungeduld und sein Eigensinn das Leben gekostet. Bären und Schakale aber gehen sich seither, wenn sie können, aus dem Weg.

Der Rabe und die beiden Kaufleute

~~~~~~

Vor langer Zeit lud einmal der Hase die Vögel zu Gast, nicht alle, aber seine Nachbarn, die Goldamsel, die Drossel und den Raben. Man sang, trank Wein, schwatzte viel, tanzte und war fröhlich.

»Ein herrlicher Tag!« rief der Hase und meinte, man könnte sich ja noch etwas Besonderes ausdenken, vielleicht jemandem einen Streich spielen.

Dieser Vorschlag gefiel den Vögeln sofort, und sie fragten den Hasen, ob er sich schon etwas überlegt habe. »Das habe ich schon«, sprach der Hase, »aber dazu brauche ich einen von euch, der recht viel Mut hat.« Der Rabe reckte sofort den Kopf und warf sich in die Brust.

Da sagte der Hase: »Am Fuße des Hügels da drüben sitzen zwei Kaufleute vor einem Zelt aus Jakfellen. Diese beiden Gesellen sind habgierige Burschen, es sind Steuereinnehmer, die jedes Jahr hierherkommen, um die Steuern bei den Hirten einzutreiben. Einen Teil des Geldes behalten sie aber für sich, ich habe dies genau beobachtet.«

»Und was tun sie jetzt vor dem Zelt?« fragten die Vögel den Hasen. »Da sitzen sie immer, bevor sie zu den Hirten hinausgehen und rechnen auf ihren Rechenbrettern aus, wieviel sie von den Leuten herauspressen können. Es sind zwei recht unterschiedliche Kaufleute, ein dicker und ein magerer, aber ihre Habgier ist gleich groß.«

So sprach der Hase, und er fragte den Raben, ob er es wagen würde, sich einmal auf den Kopf des Dicken zu setzen. Als der Rabe sofort in dieses Wagnis einwilligte, meinten

148

alle, dies sei der Höhepunkt des Tages und garantiert ein Spaß ohnegleichen.

Vorsichtig schlichen sich die vier Freunde zu dem Zelt mit den Jakfellen. Tatsächlich, da saßen sie mit ihren Rechenbrettern und rechneten und rechneten. Aus einem sicheren Versteck beobachteten der Hase, die Drossel und die Goldamsel, wie der Rabe zuerst um das Zelt ein paar Kreise zog, dann aber herunterkam und sich auf den Kopf des Dicken setzte. Der Kaufmann erschrak sehr und rief: »Ein Rabe auf meinem Kopf, was für ein Unglück!« Er rief den Mageren zu Hilfe und bat ihn, den Raben zu vertreiben. Mit einem Rechenbuch verscheuchte er zwar den Vogel, aber nur für kurze Zeit. Der Rabe krächzte laut, kreiste über dem Zelt und ließ sich ein zweites Mal auf der Glatze des Dicken nieder.

»Ein Unglück sondergleichen«, rief der dicke Kaufmann, »ein böses Vorzeichen! Schlag den schwarzen Vogel tot!«

So forderte er den Mageren auf. Dieser hob das Rechenbrett und schlug nach dem Raben. Gleichzeitig flog der Rabe beiseite, und der Magere traf den Dicken mit dem Rechenbrett unmittelbar auf seine Glatze. Eine ordentliche Beule war die Folge. »Mir reicht es«, rief der Dicke, rannte ins Zelt und fing an, seine Sachen zusammenzupacken.

Die beiden Vögel und der Hase konnten sich vor Lachen kaum mehr halten. Bald waren sie wieder versammelt, krächzend kam auch der Rabe angeflogen und wurde als der Held des Tages gefeiert. Der Hase kugelte sich vor Vergnügen im Gras, und die Vögel tanzten vor Freude.

Vor allem schüttelten sich alle viere immer wieder vor Lachen, wenn einer sie an die Beule des Dicken erinnerte.

Die beiden Kaufleute zogen aus dieser Gegend schneller ab als sonst, und es verging ein ganzer Monat, bis die Beule des Dicken wieder verschwunden war.

Der Vogelkönig

Vor langer Zeit lebte einmal eine Schildkröte am Ufer eines Sees, grub sich in den Schlamm ein und ließ nur einen Zahn an der Oberfläche erscheinen, um die Vögel damit zu täuschen.

Die Vögel, die immer wieder zum Trinken an den See kamen, hielten den Zahn für einen Wurm und kamen schnell herbeigelaufen, um ihn aufzupicken. Schnell schoß aber jedesmal die Schildkröte aus dem Schlamm hervor, packte den Vogel, versteckte sich mit ihrer Beute und fraß diese dann genüßlich auf.

Als immer viel weniger Vögel vom See zu ihren Nestern zurückkehrten als ausgeflogen waren, brach der Vogelkönig höchstpersönlich auf, um das Verschwinden von so vielen seiner Untertanen zu erkunden. Die Schildkröte lag schon wieder in ihrem Versteck, als der Vogelkönig am Ufer des Sees entlangschritt und nach allen Seiten Ausschau hielt.

Lag da nicht ein Wurm im Schlamm? Der Vogelkönig hatte ihn kaum erblickt, als er auch schon nach ihm pickte. Darauf hatte die Schildkröte nur gewartet, mit einem festen Ruck ergriff sie den Vogel und ließ ihn nicht mehr los. Als dieser sah, daß er gefangen war und es kein Entrinnen gab, verlegte er sich auf eine List.

»Schildkröte«, sprach er, »laß mich nur noch drei Schritte machen und drei Worte reden. Ich bitte dich inständig darum!« Die Schildkröte schüttelte den Kopf und sagte: »Drei Schritte darfst du nicht machen, denn ich bin schon alt und lahm und kann dich nicht mehr packen, wenn du fortfliegst, drei Worte aber kannst du ruhig sprechen, es sind ohnehin deine letzten.«

Bedeutungsvoll sagte darauf der gefangene Vogel: »Höre, ich bin der König der Vögel. Wie wäre es, einen Pakt zu schließen und in Zukunft Freundschaft zu halten? Du läßt mich frei, und ich führe dir jeden zweiten Tag so viele meiner Untertanen zu, daß du nur davon auszuwählen brauchst, was dir am besten schmeckt.«

Die Schildkröte horchte auf.

»Na, ja«, sagte sie, und der Vogelkönig merkte, daß sie diesem Plan nicht abgeneigt war.

»Weißt du was«, sagte der Vogelkönig, »ich fliege heim in mein Königreich und führe dir übermorgen genügend Vögel als Beute zu!«

Die Schildkröte beharrte darauf, sie sei jetzt hungrig, und sie verlangte, daß die Vögel noch am gleichen Tage zum See gebracht werden sollten.

»Das ist unmöglich«, rief der Vogelkönig, »die Hinreise, das Zusammentreffen und die Herreise – das alles kostet Zeit!«

So gingen die Ansichten sehr auseinander, und sie kamen zu keiner Übereinkunft.

Eine Schlange hatte im Ufergebüsch alles mitangehört und mischte sich ein und schlug den beiden vor, sich auf den morgigen Tag zu einigen. So geschah es, und der Vogelkönig rauschte davon, nachdem er versprochen hatte, ganz leckere Jungvögel auch mitzubringen.

Kaum zu Hause angekommen, versammelte er auf einer Wiese alle Vögel seines Reiches und hielt eine regelrechte Rede vor seinen Untertanen. Er erklärte ihnen, warum die Vögel vom See oftmals nicht mehr wiederkamen, berichtete ihnen von der listigen Schildkröte, erzählte ihnen von dem einzigen Zahn, den sie noch besitze und daß sie ihn wie einen Wurm an die Oberfläche ihres Schlammverstekkes schiebe.

»Dies ist ihr einziger Zahn, aber sie ergreift die Vögel mit ihrem starken Maul und zieht sie ins Wasser. Ansonsten ist sie lahm und kann kaum noch gehen.«

So sprach der Vogelkönig und ermahnte alle seine Untertanen, niemals nach einem Wurm zu picken, wenn sie zum Trinken an den See fliegen wollten.

»Alle eure Verwandten hat sie aufgefressen, die listige Alte, seid mir auf der Hut!« Mit diesen Worten beendete der Vogelkönig seine Mahnrede.

Am nächsten Tag sah die Schildkröte sehr wohl Vögel an ihrem See trinken, aber sie sah keinen Vogelkönig, der zu ihr etwa andere Vögel hätte führen können. Kein Vogel pickte nach einem Wurm, alle tranken sie das klare Wasser und flogen gleich wieder weg.

Da rief die Schildkröte die Schlange herbei und bat sie, den Vögeln auszurichten, sie sei nun reiner Pflanzenfresser geworden und verzichte auf Fleisch jeglicher Art, sie sei aber einsam und wünsche sich Gesellschaft, der Vogelkönig habe doch Freundschaft mit ihr geschlossen.

Die Schlange überbrachte die Botschaft – aber der Vogelkönig sprach: »Die Schlechten kennen wenig Erbarmen und ihre Worte sind List und Täuschung!«

Die Vögel suchten sich nun einen anderen See und haben von der Schildkröte mit dem einen Zahn auch nichts mehr gehört und gesehen.

Spitznase und Langschwanz

Es waren einmal zwei Mäuse, die wegen ihrer Prahlereien weithin im Mäuseland bekannt waren, die eine hieß Spitznase und die andere Langschwanz.

Wenn sich die beiden trafen, so vergaßen sie alles um sich herum und erzählten sich die unglaublichsten Geschichten, in denen sie selbst aber immer die wichtigste Rolle spielten.

»Hast du bei irgendeiner Maus auf der Welt schon einen so langen Schwanz gesehen, wie ich ihn habe?« so fragte die Maus Langschwanz ihre Freundin, als sie sich auf dem Feld unter einem Heuhaufen trafen.

»Du brauchst nicht zu antworten«, fuhr sie fort. »Ich weiß es ja selbst am besten. Niemand trägt einen längeren Schwanz als ich, er ist nämlich länger als der Strick, mit dem die Bauern ihre Jaks anbinden. Ich kann dir hoch und heilig versichern, mein Schwanz ist länger als der Brahmaputra, sogar länger als ein Sonnenstrahl.«

Die Maus Langschwanz war so richtig ins Prahlen gekommen und überbot sich nun mit der Behauptung, es gäbe auf der Welt überhaupt nichts Längeres als ihren Schwanz.

»Und wenn du wüßtest, liebe Freundin, wie vorteilhaft es ist, solch einen Schwanz zu haben!« Und sie setzte auftrumpfend hinzu: »Mit diesem Schwanz umschlinge ich jeden Kater wie mit einem Lasso und erwürge ihn!«

Als die Maus Langschwanz nun endlich Luft schöpfte nach dieser langen Rede, da sprach die Maus Spitznase:

»Nun ja, ein Schwanz mag dann und wann hilfreich sein, aber viel wichtiger ist eine spitze Nase. Du hast auf dieser

Welt noch nie etwas Spitzeres gesehen! Ich stecke mein Näschen in den schmalsten Hals eines Kruges und nasche Öl, ich hole das kleinste Reiskörnchen aus einem Erdspalt, ja ich kann meine Nase als Waffe gebrauchen und durchbohre mit ihr sogar einen Kater wie mit einer Lanze!«

Als Maus Langschwanz bei dieser Erzählung ihrer Freundin den Kopf schüttelte, rief Maus Spitznase »Was, das glaubst du nicht? Erst kürzlich habe ich einen Kater durchbohrt, der war größer und dicker als ein Hammel!«

Da stampfte die Maus Langschwanz mit einem Hinterbein auf den Boden und rief: »Und ich habe gestern einen Kater mit meinem langen Schwanz erwürgt, und dieser Kater war größer als ein Tiger!«

»Ha, ha, ha«, widersprach die Maus Spitznase, »solche Kater gibt es ja gar nicht!«

Da zischte Maus Langschwanz böse: »Und dein Hammelkater, gibt es den überhaupt? Wenn ein Kater so groß sein soll wie ein Hammel, dann müßte er jeden Tag eine ganze Mäuseschar auffressen. Komm mir nicht mit solchen Sachen!«

Die Maus Langschwanz war ordentlich böse geworden und schrie ihre Freundin an: »Du bist eine Angeberin, die sich schämen sollte!«

Da keifte Maus Spitznase: »Und du lügst so daher, daß es eine wahre Schande ist!«

Sie hatten sich nun verzankt und rannten auseinander. Langschwanz rief ihrer Freundin hinterher: »Dich will ich überhaupt nicht mehr sehen!«

Und Spitznase fauchte: »Und ich dich schon gar nicht. Es ist aus und vorbei!«

Als beide merkten, daß von den anderen Mäusen keine ihre Prahlereien anhören wollte und jeder Versuch zu einer auch noch so kleinsten Angeberei mit Lachen und Spott beantwortet wurde, da war jede von ihnen sehr ungehalten, ja unglücklich, und beide sehnten sich bald nach einer ordentlichen Prahlerei. So hielten beide bald wieder nacheinander Ausschau, denn ohne eine kleine oder größere Angeberei konnten sie überhaupt nicht leben. Man richtete es so ein, daß man sich bald über den Weg lief und erzählte sich bald wieder die haarsträubendsten Lügengeschichten. Hätte man alle diese Lügen aufgeschrieben, so hätte man dazu eine Papierrolle gebraucht, die man von Lhasa bis nach Schigatse hätte ausrollen können.

Bei all ihren Prahlereien waren sie weitergegangen, ohne auf den Weg zu achten. Plötzlich waren sie vor einer Hütte angekommen, vor der ein großer Stapel Holz aufgeschichtet war.

»Hier wohnen Menschen!« flüsterte Maus Langschwanz.

Sie spähten beide durch die Ritzen ins Innere und fanden bald heraus, daß die Bewohner nicht zu Hause waren, im Ofen aber einige dicke Scheite glommen und eine wohlige Wärme verbreiteten. Sie konnten der Versuchung nicht widerstehen, schlüpften in die Hütte und machten es sich beim warmen Ofen bequem.

Maus Spitznase hatte ein Stück Schinken in der Küche gefunden und bot ihrer Freundin die Hälfte davon an. Maus Langschwanz sagte: »Wir haben es doch gut, wir Mäuse! Die Tiger müssen jagen, die Hammel müssen sich nach Hirten und Hunden richten, nur wir sind fein heraus. Wir schlüpfen in jede Hütte und finden dort auch noch leckeren Schinken!«

Da meinte Maus Spitznase: »Ja, wir haben es sogar am besten von allen Wesen auf der Welt, weil wir uns vor niemandem fürchten müssen. Der Hammel muß sich vor dem Tiger fürchten, der Tiger muß sich vor dem Jäger in acht nehmen, aber wir sind völlig sicher!«

Und Maus Langschwanz fügte hinzu: »Und wenn ein Kater kommt, so werfe ich meinen Schwanz um seinen Hals und erwürge ihn, und du bohrst deine spitze Nase in seinen Leib wie eine Lanze!«

Als sich die beiden gerade so richtig in Fahrt geredet hatten, erschien ein großer langhaariger Kater auf der Schwelle der Hütte.

Mit einem Satz sprang Maus Spitznase sofort von ihrem Ofenplatz und verschwand in einer Mauerritze an der Wand. Maus Langschwanz sprang hinterher, wurde aber von dem Kater gerade noch an ihrem langen Schwanz erwischt, in den er sich mit seinen scharfen Zähnen festbiß.

Maus Langschwanz versuchte loszukommen und riß sich mit solcher Kraft von dem Kater los, daß die Hälfte ihres Schwanzes in der Schnauze des Katers zurückblieb.

Kaum waren sie in Sicherheit, da konnte Maus Langschwanz nicht mehr an sich halten und flüsterte atemlos: »Sei ohne Sorge, ich habe den Kater eben mit meinem langen Schwanz erwürgt!«

Da erst sah Maus Spitznase, daß ihrer Freundin die Hälfte ihres Schwanzes fehlte. Mit gespielter Anerkennung sagte sie: »Du bist die tapferste Maus der Welt! Warum aber dein Schwanz jetzt halb so lang ist wie früher, das verstehe ich nicht.«

Darauf meinte Maus Langschwanz: »Und dieser halbe Schwanz ist immer noch der längste der Welt. Wie werden alle staunen, wenn ich ihnen erst erzähle, daß er früher noch viel, viel länger war!«

Der Fuchs auf dem Königsthron

Ein gieriger Fuchs schlich sich einmal heimlich in ein Dorf, um einige junge Enten zu stehlen. Auf seinem Weg geriet er irrtümlicherweise in eine Färberei und fiel in einen Farbeimer. Zu Tode erschrocken, kam er mit letzter Kraft wieder heraus und suchte eiligst das Weite.

Wie er so über die Felder eilte, glitzerte sein neugefärbtes Fell im Sonnenschein wie ein kostbares Brokatgewand. Im Wald angekommen, erkannte ihn niemand mehr, sogar die Füchse hielten ihn für einen vornehmen Gast aus der Fremde und fragten ihn, woher er komme und wer er sei. Der Fuchs wollte die Gelegenheit beim Schopf packen und sagte mit verstellter Stimme: »Ich komme eben vom Gott des Himmels, ich bin der König aller Vierbeiner.«

Die Füchse verbeugten sich voller Ehrfurcht. Kein Tier im weiten Lande hatte je ein Fell von solcher Farbe gesehen, und so erkannten sie den Fremden als König der Vierbeiner und damit als ihren Herrscher an. Im Nu hatte sich das Ereignis herumgesprochen. Aus nah und fern eilten die Tiere herbei, um ihrem König zu huldigen.

Der Herrscher aller Vierbeiner schlug seinen Thron auf dem Rücken des Elefanten auf, der ihn überall hintrug. So besichtigte er sein Reich. Bei diesen ausgedehnten Reisen war er umgeben von einer Schar starker Löwen als Leibwächter, die ihn beschützten. Alle Tiere hatten an ihn ihren Tribut zu entrichten. Die feinsten und saftigsten Brocken der Jagdbeute standen als Tribut dem König zu. Viele dieser Neuerungen führte er ein, alle aber waren nur darauf gerichtet, seine Macht und sein Ansehen zu mehren. Wie alle Füchse hatte auch der König der Vierbeiner einen ausgesprochenen Familiensinn, und so wollte er eben seine Mutter auch einmal wiedersehen. Gerne hätte er sein Glück mit ihr geteilt.

Der Herrscher rief vom Rücken des Elefanten aus einen Fuchs zu sich, von dem er wußte, daß er ein gutes Gedächtnis hatte und gut laufen konnte. »Lauf schnell«, sagte der Herrscherr, »lauf schnell zu meiner Mutter in dem Tal mit den vielen Enten und sage ihr: ›Liebe Mutter, dein Sohn ist König der Vierbeiner geworden, teile dieses Glück mit mir und komm!‹ Dann führst du sie gleich zu mir. Für ihre Sicherheit bist du mir verantwortlich!«

Der Fuchs ging als Bote ab und fand nach einigen Tagen auch die Füchsin in dem Tal, in dem es so viele Enten gab. »Mein Sohn jetzt König«, sagte sie, »hm, benimmt er sich wenigstens gut, oder ist er sehr hochnäsig und herrisch?«

Der Bote, der vom vielen Laufen ganz abgehetzt war, gab zur Antwort: »Ja, wenn ich ehrlich sein soll, er ist schon ziemlich herrisch und hochnäsig. Er sitzt immer auf dem Elefanten und läßt sich von Löwen und Tigern bewachen. Er schaltet und waltet wie ein rechter Despot und läßt oft seine Launen an seinen Untertanen aus. Vor allem wir Füchse haben gar nichts zu lachen. Wir müssen die niedrigsten Arbeiten verrichten. Ein großer Herr ist er schon, aber er ist sehr eigensinnig und oft kaum zu ertragen.«

Die Mutter des Fuchses war über diese Meldung gar nicht erbaut. »Das ist betrüblich«, sagte die alte Füchsin, »richte ihm aus, ich werde ihn nicht besuchen, er soll sich erst einmal anständiger aufführen!«

Der Bote kam zurück an den Königshof, ohne seinen Auftrag ausgeführt zu haben. Er ging aber nicht zum König, sondern zu den Untertanen am Hof, wedelte wichtig und aufgeregt mit dem Schwanz und sprach: »Hört alle her! Wir sind einem Betrüger aufgesessen. Der König der Vierbeiner ist ein Fuchs wie wir, er stammt aus dem Tal mit den vielen Enten. Ich habe mit seiner Mutter gesprochen, sie sieht genauso aus wie wir und ist eine ganz gewöhnliche, einfache Füchsin.« Die Tiere wurden rot vor Scham und Wut, auf einen Schwindel hereingefallen zu sein.

Einer der Wachhabenden kam schließlich auf einen guten Einfall und sagte: »Wir müssen die Sache überprüfen. Jeder Fuchs bellt, wenn er andere Füchse bellen hört. Alle Füchse am Hof sollen daher auf ein geheimes Zeichen des Elefanten hin zu bellen anfangen. Wenn unser König nur ein einfacher Fuchs ist, dann wird er gedankenlos mit in das Gebell einstimmen.«

Gesagt, getan! Die Tiere vereinbarten, beim Ausritt am Nachmittag solle der Elefant mit seinem Rüssel trompeten. Auf dieses Zeichen hin sollten alle Füchse im Chor bellen. Alle Hofleute und Wachen, alle Köche und Diener warteten gespannt auf das Zeichen. Da trompetete der Elefant, und da bellten die Füchse auch schon um die Wette.

Der König, der stolz und hochnäsig auf dem Rücken des Elefanten saß, bellte plötzlich aus Leibeskräften mit. Da schrien die Tiere auf und kreischten durcheinander: »Betrüger, Schwindler! Ein gewöhnlicher Fuchs ist er! Hinweg mit ihm! Packt ihn am Kragen.«

Der Elefant gab nochmals ein Trompetensignal und donnerte: »Du elender Wicht! Wie kommst du dazu, auf meinem Rücken durch die Lande zu reiten? Ola, hupp!« Und beim letzten Ausruf hüpfte der Elefant etwas in die Höhe und warf den Fuchs in hohem Bogen hinunter, so daß der König der Vierbeiner im Straßengraben landete. Da kugelten sich die Tiere vor Lachen und hielten sich die Bäuche.

Die seltsame Himmelsreise

~~~~~~

Es war einmal ein reicher und angesehener Mann, der zugleich das Oberhaupt einer Sippe war. Er hatte nicht nur mehrere Dienerinnen und einen Sekretär, er beschäftigte auch einen eigenen Zimmermann und einen Knecht für alle Arbeiten im Hause.

Der Zimmermann war mit einer ausnehmend schönen Frau verheiratet und war sehr glücklich mit ihr. Als der Knecht die Frau des Zimmermanns zum ersten Mal sah, lief es ihm heiß und kalt über den Rücken. Er setzte es sich in den Kopf, diese hübsche Frau dem Zimmermann abspenstig zu machen. Tag und Nacht grübelte er darüber nach, wie er die Frau für sich gewinnen könne. Die Frau bemerkte dies wohl, liebte aber nur ihren Mann, blieb standhaft und ging dem Knecht stets aus dem Weg.

Schließlich dachte der Knecht sogar darüber nach, wie er den Zimmermann aus dem Wege räumen und den Platz an der Seite von dessen Frau einnehmen könnte.

Eine kurze Zeit später starb der Vater des reichen Mannes. Da heckte der Knecht einen teuflischen Plan aus. Jeden Tag studierte er nun im geheimen die schöne alte Schrift, in der die heiligen Bücher der Buddhisten geschrieben sind. Eifrig zeichnete er die alten, nur schwer nachzuahmenden Schriftzeichen nach und hatte zuletzt auch einigen Erfolg damit. Als er sich dieser Kunst sicher fühlte, schrieb er ein großes Schriftstück und malte dabei die altertümlichen Zeichen so täuschend ähnlich aufs Papier, daß er freudig erregt zum Oberhaupt der Sippe laufen und dem würdigen Mann das Dokument unter die Nase halten konnte.

»Wohledler Herr«, sagte er, »mir fiel gestern dieses Schriftstück in die Hände, aber ich kann es nicht lesen, vielleicht könnt Ihr es entziffern.«

Das Sippenoberhaupt war sehr erstaunt über das Schriftstück, konnte es aber nicht lesen und gab es seinem Sekretär, der ständig mit Urkunden zu tun hatte. Der Sekretär zuckte zusammen, als er nur einen kurzen Blick daraufgeworfen hatte und er wurde, je weiter er las, von grenzenlosem Staunen ergriffen. Ohne zu zögern, rannte er zu seinem Vorgesetzten und sagte: »Stellt Euch vor, dieses Schriftstück kommt von Eurem Vater im Himmel und darin steht geschrieben, daß es ihm zwar gutgeht dort oben und er als höherer Beamter dort angestellt ist, daß er aber keinen Zimmermann zur Hand hat, der ihm sein Haus mit den Amtsräumen errichten könnte.«

Der Sippenälteste dachte ständig an seinen verstorbenen Vater und war nun sehr betrübt, daß dieser im Himmel noch keine richtige Bleibe hatte. Unverzüglich ließ er den Zimmermann holen, zeigte ihm das Schriftstück und befahl ihm, sich sogleich auf den Weg zu machen, um seinem Vater im Himmel zu helfen.

Der Zimmermann stand starr vor Schreck. Zu widersprechen wagte er nicht, aber er versuchte Zeit zu gewinnen und sagte: »Mein Herr, wie könnte ich Ihre Befehle mißachten? Aber ich brauche etwas Zeit, um mich auf diese weite Reise vorzubereiten. Bitte geben Sie mir sieben Tage Zeit. Danach bin ich gerüstet für den Abschied, dann mag man hinter meinem Haus in dem Feld mit dem Hanf den großen Scheiterhaufen aufschichten und ihn anzünden. Dann steige ich zum Himmel empor und helfe gern Ihrem verehrten Vater.«

Der Sippenälteste fand an diesem Vorschlag nichts Ungebührliches und willigte ein.

Als der Zimmermann wieder allein war, dachte er lange nach. Zuerst versuchte er herauszufinden, von wem und auf welche Weise sein Herr das Schriftstück bekommen hatte. Bald fand er heraus, daß der Knecht den himmlischen Brief überbracht hatte. Nun war ihm klar, das war ein finsterer Plan, der da von dem Knecht gegen ihn ausgeführt worden war. Nun erst ging er nach Hause, erzählte alles seiner Frau, und die beiden beschlossen, die Himmelsreise auf eine ganz andere Art zu gestalten.

In der Nacht begannen sie, von ihrem Schlafzimmer aus einen unterirdischen Gang bis zu dem Hanffeld zu graben. Die Frau, die alles zu tun bereit war, um ihren Mann zu retten, arbeitete heimlich mit ihm in der Nacht an dem unterirdischen Gang, am Tag aber trug sie unbemerkt in Körben die aufgeworfene Erde auf die nahen Felder.

In dem Hanffeld, da wo der Scheiterhaufen errichtet und die vielen Reisigbündel über den Zimmermann getürmt werden sollten, genau da endete der Gang. Das Ehepaar verschloß die Öffnung mit einer leicht anzuhebenden Platte und streute Laub darauf, daß niemand auch nur das geringste merken konnte.

Der achte Tag war herangerückt. Da der Sippenälteste den »Aufstieg zum Himmel« für den Zimmermann mit einer feierlichen Zeremonie begleiten wollte, hatte er Musikanten mit Trommeln und Posaunen bestellt und alle seine Verwandten dazu eingeladen. Man hatte dem Zimmermann eingeschärft, auch sein Handwerkszeug mitzunehmen, damit er im Himmel mit der Arbeit gleich beginnen könne.

In feierlicher Prozession zog man zu dem Hanffeld. Der Zimmermann stellte sich genau auf die Stelle, wo das Laub am Boden lag, Holz wurde um ihn herum aufgeschichtet und mit langen Reisigbündeln wurde er über und über bedeckt. Bald sah man nichts mehr von dem Zimmermann, er war völlig unter dem dürren Reisig verschwunden. Da gab der Sippenälteste das Zeichen und das Feuer flackerte auf. Die Trommler schlugen auf ihre Trommeln und die anderen bliesen in ihre Posaunen. Der Knecht, der schon fürchtete, der Zimmermann könnte noch im letzten Augenblick mit brennenden Kleidern noch einmal aus dem Feuer hervorstürzen, rief immer wieder: »Blast, ihr Posaunen, trommelt, ihr Trommeln, der Zimmermann steigt auf zum Himmel!«

Dabei zeigte er auf den Rauch, der von dem brennenden Reisighaufen aufstieg, und rief: »Seht das Pferd des Zimmermanns. Der Rauch ist sein Pferd, mit ihm steigt er auf zum Himmel!«

Die Reisigbündel brannten lichterloh, immer wieder brachte man neues Reisig herbei und warf es auf den großen brennenden und glimmenden Haufen.

Inzwischen hatte längst der Zimmermann unbemerkt die Platte geöffnet und war in den Tunnel hinuntergestiegen. Vorsichtig brachte er die Steinplatte von unten wieder an, so daß niemand etwas bemerken konnte.

Glücklich fielen sich die Eheleute in ihrem Schlafzimmer in die Arme, während auf dem Hanffeld noch die Posaunen geblasen wurden.

Ein ganzes Jahr lang versteckte ihn seine Frau im Hause und schaffte Milch, Butter und andere gute Dinge herbei, so daß es ihm an nichts fehlte. Da er sich nicht zeigen und nicht arbeiten durfte, war er nach einem Jahr so wohlgenährt und rundlich, daß auch seine früher etwas sonnengebräunte und rauhe Haut ganz glatt und rosig geworden war. Er hatte ein doppeltes Kinn bekommen wie ein höherer Beamter. In all dieser Zeit war er aber nicht untätig, er lernte heimlich die alte Schönschrift, wie sie die Gelehrten und die Mönche beherrschen, und setzte ein großes Schriftstück auf, das er sorgfältig im Hause verwahrte.

Am ersten Jahrestag seiner Himmelsreise stellte er sich schon am frühen Morgen auf den Platz in dem Hanffeld, von wo aus er in den Himmel aufgestiegen war, und dabei trug er das gleiche Handwerkszeug, das er damals mit in den Himmel genommen hatte.

»Hallo, ich bin wieder da! Bin eben zurück vom Himmel!« rief er laut.

Da kam seine Frau aus dem Haus gelaufen, zwinkerte ihm schelmisch zu und rief noch viel lauter: »Leute, kommt schnell, mein Mann ist vom Himmel wiedergekommen!«

Sie spielte die freudig Überraschte und lief sofort zum Sippenoberhaupt. Der edle Herr war hocherfreut über die Ankunft des Zimmermanns. Er sah mit einem Blick, denen im Himmel schien es recht gutzugehen, denn ein wohlgenährter Heimkehrer stand da vor ihm. Schnell rief er die Musikanten, alle Dienerinnen, den Sekretär, den Knecht und die Verwandten zusammen und lud sie alle zu einem Begrüßungsfest ein.

Als alle anderen noch beim Essen und Trinken waren, nahm der Sippenälteste den Zimmermann beiseite und wollte ihn nun genau über die Zustände im Himmel und vor allem über das Wohlergehen seines Vaters befragen.

Der Zimmermann holte aus zu einem größeren Bericht und erzählte, daß es dem alten Herrn recht gutgehe da oben und er für ihn das Haus mit den Amtsräumen auch inzwischen fertiggestellt habe. Was ihm fehle, sei ein Knecht, der ihm zur Hand gehen könne, denn auch im Himmel seien täglich viele Dinge zu erledigen. Wenigstens für ein Jahr erbitte der Herr einen Knecht von ihm, gewissermaßen leihweise, dann sei das Gröbste getan und er könne wiederkommen.

Bei diesen Worten zog er ein altertümlich geschriebenes Schriftstück aus dem Ärmel und überreichte es dem Hausherrn. Die Schrift war zwar altertümlich, aber der Sippenälteste konnte sie diesmal lesen und erfuhr aus dem Himmelsbrief, daß der alte Herr dringend einen Knecht brauche. Ansonsten gehe es ihm recht gut und er lasse grüßen.

Der Hausherr dankte dem Zimmermann für die Botschaft und ließ sogleich den Knecht rufen. Als dieser erschien und den Zimmermann dort stehen sah, war er wie vom Donner gerührt. Was war da geschehen? Die Frau des Himmelsreisenden ging ihm täglich aus dem Weg – und nun noch diese Überraschung. Der Sippenälteste erklärte ihm kurz den Stand der Dinge und wies ihn an, alsbald die Himmelsreise zu beginnen und dem alten Herrn dort oben etwas zur Hand zu gehen. Der Knecht sah den wohlbeleibten Zimmermann, er sah das Schriftstück in den Händen des Hausherrn und konnte sich keinen Reim darauf machen.

Wie konnte der Zimmermann zurückkommen? Aber da stand er doch vor ihm, mit Doppelkinn und rosiger Haut! Der Knecht dachte sich, daß durch magische Kraft dies alles nur geschehen könne – aber er hatte doch selbst damals den Betrug eingefädelt! Eine Erklärung für diese Ereignisse konnte er nicht finden, zuletzt dachte er, wenn der Zimmermann nach einem Jahr dick und fett wieder zur Erde kommen kann, dann werde ich es ein Jahr da oben auch aushalten.

Der Knecht erhielt ebenfalls sieben Tage zur Vorbereitung; während dieser Zeit aß er kaum etwas und magerte zusehends ab.

Am achten Tag waren die Posaunenbläser, die Trommler und die Verwandten alle feierlich versammelt. Viel Holz und Reisig war zusammengetragen worden. Auf einem freien Platz vor dem Hause des Sippenältesten wurde alles aufgeschichtet, hier fand sich der Knecht ein und trug seine Reisetasche in der Hand. Hier türmten die Leute die Reisigbündel über ihn, und auf ein Zeichen des Sippenoberhaupts entzündeten sie das Feuer. Auf den Rauchwolken stieg wie auf schnellen Pferden der Knecht in den Himmel. Als das Feuer niedergebrannt war, fand man in der Asche nur noch verkohlte Knochen und einen Schädel.

Es verging ein Jahr, aber kein Knecht kehrte wieder vom Himmel. Wie man auch Ausschau nach ihm hielt, er kam nicht zurück.

Nach vielen Jahren sagten die Leute: »Er hat uns wohl alle vergessen, denn da oben geht es ihm wohl viel besser als hier auf Erden!«

Der sprechende Buddha

Es war einmal ein reicher Bauer, der hatte eine einzige Tochter. Dieses Mädchen war so schön wie eine Jasminblüte, hatte funkelnde Augen, und ihr rabenschwarzes Haar war in zwei Zöpfe geflochten, die ihr über die Schulter fielen.

Oft saß sie am Spinnrad und spann einen Faden, der so dünn war wie die Fäden eines Spinnennetzes. Zudem hatte sie eine liebliche Stimme und oft hörte man ihren Gesang bei der Arbeit.

Alle Burschen aus der Umgebung waren von ihr hingerissen, aber alle Anträge lehnte sie höflich ab. Nun diente auf dem Gut ihres Vaters auch ein Hirte, schlank und stark zugleich, arbeitsam und freundlich. Es gab niemanden, der ihn nicht gern hatte, denn er war fröhlich und hatte für jeden ein gutes Wort. Durch seine Taschen aber pfiff der Wind, wie die Leute sagen, er war arm. Dies focht ihn aber nicht an, er sang und pfiff und zeigte nie ein mürrisches Gesicht, wenn auch sein Herr ihm oft die schwersten Arbeiten auftrug. Das schöne Mädchen hatte Mitleid mit dem Hirten, und wenn sie ihn sah, so grüßte sie ihn lächelnd und freundlich. Wenn sie ihn ansah, blieb er oft stehen und war in diesen Augenblicken wie am Boden festgenagelt. Wenn der Hirt ihr aber einen Blick zuwarf, dann stieg dem Mädchen das Blut ins Gesicht. Und ohne zu wissen, wie das geschehen konnte, hatten sie sich ineinander verliebt. Immer öfter richteten sie es so ein, daß sie einander begegneten.

Für seine Tochter hatte der Vater jedoch längst schon einen

Mann ausgesucht, den Sohn des Grundbesitzers, der noch wohlhabender war als er selbst. Ein Hirte wäre für ihn nie in Frage gekommen, der Bräutigam mußte reich sein.

Das Mädchen wußte dies und der Hirte auch, und so hielten sie ihre Liebe geheim. War er allein, so dachte der junge Mann ständig darüber nach, wie er den Vater des Mädchens überlisten könne, denn umstimmen konnte er ihn auf keinen Fall.

Eines Tages nun kam ihm ein wunderbarer Zufall zu Hilfe. Die Mäuseplage hatte zugenommen, und man hatte ihm daher befohlen, überall in Haus und Hof Mäusefallen aufzustellen. Die erfahrenen Mäuse umgingen die Falle, aber eines Tages schnappte sie zu. Als der Hirte nachsah, zappelte ein junges Mäuschen darin, es lebte, aber sein rechtes Hinterbein war eingeklemmt. Da vernahm der Hirte, daß das kleine Mäuschen mit menschlicher Stimme sprach und erbärmlich jammerte.

»Laß mich frei, laß mich frei!« so piepste es in ganz dünnen und hohen Tönen.

»Was soll das denn heißen?« fragte der Hirt, in höchstem Maße erstaunt und zugleich neugierig.

»Ich bin ein Prinz«, piepste der kleine Mäuserich, »ich bin der Sohn des Mäusekönigs. Wenn du mich laufen läßt, so winkt dir eine hohe Belohnung, dafür wird mein Vater sorgen!« flehte das Mäuslein.

»Ja, wenn das so ist, dann will ich mir das überlegen. Zuerst aber möchte ich deinen Vater selbst sehen, dann erst will ich entscheiden!« sagte der junge Mann.

Da pfiff der Mäuseprinz, man hörte nach wenigen Augenblicken schon etwas rascheln und etwas trippeln, dann sah man etwas huschen – und plötzlich stand der Mäusekönig vor dem Hirten.

»Ich erfülle dir jeden Wunsch, der in meiner Macht steht, wenn du meinen Sohn freiläßt«, sprach der Mäusekönig.

»Das ist ein Wort«, sagte der Hirte, »kannst du denn in

einer Woche von hier bis zu dem Tempel mit allen deinen Untertanen einen unterirdischen Gang graben?«

»Das ist für uns keine Schwierigkeit«, sagte der Mäusekönig, »das kann ich dir versprechen!«

Da ließ der Hirte das kleine Mäuslein frei.

»Wir fangen in dieser Nacht schon an«, sprach der Mäusekönig, »aber störe uns nicht in unserer Arbeit!«

Der Hirte hörte noch, wie der Mäusekönig seine Untertanen zusammenrief, und dann wurde es still. Wer am Abend jedoch einige Augenblicke sich ganz ruhig verhielt, der konnte unter dem Fußboden ein leichtes Getrippel und Getrappel hören, und es war, als ob Sand rieselte und Steinchen kullerten.

Nach einer Woche war der Gang fertig, er führte von der Scheune des Bauern bis hinüber zu dem Tempel am Waldrand und endete genau unter der Figur eines riesigen Buddha, so daß nichts zu sehen und nichts zu erkennen war.

Die Mutter des Mädchens war eine fromme Frau, die jeden Tag einmal in den Tempel ging, vor dem großen Buddhastandbild niederkniete und betete. Jedesmal brachte sie eine kleine Gabe für die Gottheit mit, die sie vor dem Bildnis niederlegte.

»Amitabo, Amitabo«, betete sie, »beschütze uns an diesem Tag, halte deine Hand über unsere ganze Familie und laß uns dereinst die Schwelle des Paradieses überschreiten!«

Als sie nun an diesem Morgen bereits mit einer Schale Reis ankam und betete, schielte sie mit einem Auge zu dem großen Buddha hoch, ob er auch heute so himmlisch wieder lächle wie an jedem Tag. Da der Buddha seit eh und je sein feines unergründliches Lächeln zeigte, war sie zufrieden und wollte sich wieder auf den Heimweg machen. Da aber war ein dumpfer Ton zu hören, die hölzerne Statue fing an zu wackeln und eine dumpfe Stimme ertönte: »Die

Schwelle des Paradieses werdet ihr nur dann überschreiten, wenn ihr eure Tochter dem Hirten zur Frau gebt, der bei euch arbeitet!«

Die Frau zuckte zusammen, ihr Mund stand offen, ein Blitz schien in sie gefahren zu sein, ein Schauder nach dem anderen jagte ihr über den Rücken. Im Morgendämmerlicht, in das die Tempelhalle getaucht war, lächelte der Buddha unnahbar wie immer. Die Frau wagte sich kaum von der Stelle zu rühren, dann aber verneigte sie sich vor dem großen Buddha, hastete aus dem Tempel und rannte nach Hause.

Der Hirte, der im Hof zu tun hatte, sah die Gutsbesitzerin vom Tempel kommen, über den Hof rennen und in die Stube stürzen. Voller Neugier trat er etwas näher und hörte, wie sie atemlos ihrem Mann berichtete, daß eben der große Buddha im Tempel mit ihr geredet habe.

»Welch ein Unsinn!« sagte der Mann und fragte ungläubig lachend: »Und was hat die Gottheit dir kundgetan? Hast du heute früh noch so viel Schlaf, daß du schon im Tempel zu träumen beginnst?«

»Nein, nein, es ist wahr. Mit dunkler Stimme sprach der Buddha zu mir und sagte, daß wir beide nie über die Schwelle des Paradieses gelangen könnten, wenn wir nicht unsere Tochter dem Hirten zur Frau gäben!«

»Was, auch das noch! Einem Habenichts soll ich meine Tochter geben! Das sind aber böse Träume!«

Nun aber wurde die Frau ungehalten und schrie ihren Mann an: »Du beleidigst die Gottheit! Ich habe nicht geträumt, sondern alles mit meinen eigenen Ohren gehört. Und bewegt hat sich der große Buddha auch, so wahr ich hier stehe!«

»Ja, höre einmal Frau«, sagte nun der Mann, »seit wann spricht denn eine Buddhafigur mit menschlicher Stimme? Davon hat noch niemand berichtet, solange im Dorfe hier Menschen leben und solange dieser Tempel steht!«

Die Frau stellte sich vor ihren Mann hin und sagte beleidigt: »Du glaubst mir nicht? Dann gehe selbst in den Tempel und überzeuge dich!«

Der Mann war unsicher geworden. Seit vielen Jahren war er mit seiner Frau verheiratet. Von Träumen hatte sie eigentlich nie etwas erzählt. Was steckte dahinter? Es war ihm klar, er mußte sich selbst überzeugen. Von dem Buddha im Tempel und seinen Fähigkeiten hatte er nie viel gehalten, es war eben nur ein Dorfbuddha, aber man wußte ja nie. Mit den Gottheiten war nicht zu spaßen, man konnte nie ahnen, zu welcher Zeit sie Regen schicken und zu welcher Sonnenschein.

Am nächsten Morgen brach er früh auf und ging mit einer Schüssel voller Reis und Schweinefleisch zum Tempel. Er trat in die Halle und sah den großen Buddha unbeweglich wie immer auf seinem Lotosthron sitzen. Es lag so große Stille über allem, daß man glauben konnte, hier im Tempel sei die Zeit stehengeblieben und ein Schein der Ewigkeit läge über allem.

Da raschelte aber plötzlich etwas, ein dumpfer Ton war zu hören, die Statue des großen Buddha neigte sich nach rechts, stand einen Augenblick still, dann neigte sie sich nach links, und eine dumpfe hohle Stimme war zu hören: »Die Schwelle des Paradieses werdet ihr nur dann überschreiten, wenn ihr eure Tochter dem Hirten zur Frau gebt, der bei euch arbeitet!«

Der Gutsbesitzer war wie vom Donner gerührt. Also doch! Der Buddha hatte gesprochen! Hier war keine Täuschung möglich! Dem Mann schlotterten die Knie, er fing an zu zittern. Kaum wagte er zu dem Buddha aufzublicken, er fiel auf seine Knie und stammelte: »Amitabo, verzeih mir. Ich will alles tun, alles, was du befiehlst, aber sei uns gnädig!«

Ganz benommen wankte der Mann nach Hause.

»Frau, es ist wahr. Der Buddha hat geredet! Und es ist sein

Wille, daß wir unsere Tochter dem Hirten geben. Der Himmel will es wohl so!«

Und da waren sich beide einig, daß sie den Willen Buddhas baldmöglichst erfüllen sollten.

Die Hochzeit wurde auf einen günstigen Tag festgesetzt, und viele Gäste wurden eingeladen. Drei Tage und drei Nächte wurde gefeiert, es wurde gegessen und getrunken, und man erzählte sich immer wieder von dem Buddha im Tempel des Dorfes, der die beiden Brautleute ja zusammengeführt hatte.

Der Buddha in seiner Halle erhielt in den Wochen nach dieser Hochzeit viel mehr Besuch als je zuvor. Viele junge Mädchen vor allem fanden sich ein, auch die junge Frau des Hirten brachte regelmäßig köstliche Speisen zum Tempel.

»Welch ein Glück«, sagte die junge Frau immer wieder zu ihrem Mann, »daß wir so einen guten Buddha in unserem Tempel haben. Unser Glück verdanken wir ihm!«

Der Hirte lächelte und sagte: »Er meint es unendlich gut mit uns, man sieht, ein Buddha im Dorf vermag oft mehr als einer im Königspalast!«

Der kluge Hirte hat seiner Frau ebensowenig verraten wie sonst einem Menschen auf Erden, warum die Gottheit gerade ihnen beiden so geholfen hat.

Der wunderbare Birnbaum

Es war einmal ein Bauer, der im Herbst viele Birnen auf seinen Wagen lud und damit zum Markt fuhr. Die Früchte waren goldgelb und süß und wohlschmeckend, und so konnte er hoffen, einen guten Preis für sie zu erzielen. Als er sie nun auf dem Markt zum Verkauf anbot, kam ein Mönch des Weges mit einer zerschlissenen Kutte und einer geflickten Kappe.

Da Mönche kein Geld haben, bat der heilige Mann den Bauern um eine seiner schönen Birnen. Der Bauer aber winkte ab und wollte ihm keine Birne geben. Der Mönch jedoch blieb stehen und hielt bittend seine Hand auf. Schließlich wurde der Bauer zornig und begann den Mönch zu verwünschen.

Aber der heilige Mann sagte nur: »Du hast Hunderte von Birnen auf deinem Wagen, ich bitte doch nur um eine einzige. Das macht dir nichts aus und macht dich nicht arm. Warum wirst du gleich so zornig?«

Die Umstehenden gaben schließlich dem Bauern ein Zeichen und baten ihn, er möge dem Mönch wenigstens eine seiner kleinen Birnen geben und ihn damit zufriedenstellen.

Aber der Bauer war dickköpfig und wollte dies nicht tun.

Ein Kaufmann hatte aus seinem Laden nebenan die ganze Sache mit angesehen, ihn störte auch der Lärm, und so nahm er eine Münze, kaufte die Birne und gab sie dem Mönch.

Der Mönch dankte ihm und meinte: »Unsereiner, der die

Dinge dieser Welt hinter sich gelassen hat, kennt keinen Geiz. Nun habe ich auch viele schöne Birnen, und nun kann ich euch alle einladen, diese mit mir zu essen.«

Die Umstehenden staunten, und schließlich sagte einer aus der Menge: »Wenn du selbst Birnen hast, warum ißt du denn nicht deine eigenen und kommst hierher?«

Der Mönch antwortete: »Ja, zuerst brauche ich natürlich Samen, um einen Birnbaum pflanzen zu können.« Mit diesen Worten begann er, die Birne vor den Augen aller Zuschauer mit großem Genuß und beachtlichem Schmatzen zu essen. Als er damit fertig war, nahm er einen Samen in die Hand und erbat sich die Spitzhacke von einem der Umstehenden, machte damit ein großes Loch in den Boden, legte den Samen hinein und deckte alles wieder schön mit Erde zu. Schließlich bat er die Leute in den Markthallen um einen Kessel Wasser, und einige Neugierige brachten ihm zugleich auch aus der nahen Teestube einen großen Kessel voll warmen Wassers.

Die Leute rückten zusammen und beobachteten gespannt, was nun geschehen solle. In wenigen Augenblicken sah man an der Stelle, an der der Mönch den Samen in den Boden versenkt hatte, einen Schößling aus der Erde brechen. Das kleine Pflänzchen wuchs und wuchs, wurde schließlich zu einem Baum mit starkem Stamm, dicken Ästen und vielen saftig grünen Blättern. Der Baum begann zu blühen, die ersten Früchte erschienen, es wurden immer mehr, sie reiften, wurden gelb, goldgelb, und schließlich hingen große wohlschmeckende Birnen an den Zweigen. Behend kletterte der Mönch auf den Baum und händigte Birne um Birne zu den Untenstehenden hinunter.

In wenigen Minuten waren alle Birnen aufgegessen. Der Mönch rutschte wieder den Stamm hinunter, nahm die Axt und begann sofort, den Baum zu fällen. Mit wenigen gezielten Axthieben hatte der Mönch sein Werk getan, und der Baum fiel.

Der Mönch fing den Stamm auf, nahm ihn auf die rechte Schulter und wanderte merkwürdig leichtfüßig von Markthalle zu Markthalle und strebte dem Stadttor zu.

Der Bauer mit seinen Birnen hatte sich auch unter die Zuschauer gemischt. Er renkte sich fast den Hals aus vor lauter Neugierde und schaute sich fast die Augen aus dem Kopf und hatte alles genau mitverfolgt. Erst als der Mönch mit dem Baumstamm verschwunden war, drehte er sich wieder um und wandte sich seinem Wagen mit den Birnen zu.

Was war das? Alle seine Birnen waren verschwunden, und er sah: Auch die Achse seines Wagens fehlte. Der Wagen war in sich zusammengebrochen.

»Sollte etwa ...« Dem Bauern stieg ein eigenartiger Verdacht in den Kopf. Mit einem Mal begann er zu rennen und schrie: »Meine Birnen, meine Birnen, meine Achse, meine Achse, meine Wagenachse!«

Wie er auch rannte und wie er auch schrie, der Mönch war längst durch das Stadttor verschwunden und war nirgends mehr zu sehen.

Außerhalb des Stadttores fand der Bauer tatsächlich seine Wagenachse, und als er dann wieder zum Markt zurückkehrte, hatten sich die Neugierigen in einem großen Kreis um seinen Wagen versammelt und lachten sich die Bäuche voll über die Strafe, die der Mönch dem Bauern für seinen Geiz zugedacht hatte.

Die vorsichtigen Mäuse

Eines Tages stahl ein listiger Kater von einem Asketen eine Gebetsschnur und hängte sich diese um den Hals. Wie ein frommer Mönch zog er damit über Land und kam auch in ein Tal, in dem sich viele Mäuse versammelt hatten.

»Hört, ihr Mäuse, ich bin ein frommer Asket, vor mir braucht niemand Angst zu haben!«

Da fragten ihn die Mäuse, ob er auch die fünf Hauptgebote gewissenhaft beachte und die Lehre des Meisters genauestens befolge. Der Kater antwortete darauf: »Alle Gebote Buddhas halte ich ein: Ich töte kein lebendes Wesen, ich stelle keinem Weibe nach, ich lüge nicht, ich stehle nicht und ich trinke keinen Schnaps. Die Lehre des Meisters will ich euch gerne bis ins kleinste verkünden, dazu aber braucht es Zeit. Wenn ihr wollt, so nehme ich euch als Schüler an!«

Die Mäuse dachten, daß ein solch weiser und frommer Asket in ihrer Mitte ein Gewinn für sie alle sei, richteten ihm ein Lager her und bezeugten ihm ihre Verehrung.

Der Mäusehäuptling teilte jeden Tag eine Maus ein, die dem frommen Lehrer die Speisen auftragen mußte und schickte jeden Tag eine beträchtliche Anzahl von Mäusen zu ihm zum Unterricht.

Nach einigen Tagen aber zeigte es sich, daß die Mäuse sich merklich verminderten und vor allem jene Mäuse nicht mehr gesehen wurden, die dem Asketen das Essen aufgetragen hatten. Da der Mäusehäuptling sich sogar an den Namen der Maus erinnerte, der er am Vormittag den Befehl gegeben hatte, dem frommen Lehrer das Essen aufzutragen, wollte er der Sache persönlich auf den Grund gehen.

Der Mäusehäuptling wartete, bis der Asket seinen Mittagsschlaf beendet hatte und trat dann vor sein Lager: »Weiser Lehrer, heute hat Euch die Maus mit dem Namen Nga-dum bedient, wißt Ihr, wo sie sein könnte?«

»Nga-dum«, sagte schnell darauf der Fromme und erhob sich gähnend von seinem Lager, »Nga-dum habe ich danach ins Reisfeld geschickt, damit sie dort Körner fressen kann. Zur Belohnung, versteht Ihr.«

Der Mäusehäuptling dankte für die Auskunft und ging zurück zu seiner Mäuseschar. Dort bedrängten ihn aber viel mehr Mäuse als in den letzten Tagen und meldeten, daß eine ganze Reihe von ihnen als vermißt zu gelten hätte.

Der Mäusehäuptling war erfahren, weil er viel in der Welt herumgekommen war. Eingehend prüfte er den Mist des großen Lehrmeisters und fand eine große Anzahl von Mäuseknochen und von Mäusehaaren darin. Nun wußte er Bescheid. Unbemerkt von dem Asketen versammelte er in Eile alle Mäuse, berichtete ihnen von seiner Entdeckung und sagte: »Wir sind in größter Gefahr! Nur eine List kann uns retten. Der Asket hat doch einmal den Wunsch geäußert, einen schönen Schmuck mit dem Bild des Erleuchteten zu besitzen. Wir hängen ihm daher eine Kette mit einer Glocke um und schließen die Kette so fest, daß er sie selbst nicht mehr öffnen kann. Wenn die Glocke ertönt, dann wißt ihr, daß er kommt. Dann braucht ihr nur schnell in euren Löchern zu verschwinden, und er wird nie mehr auch nur ein einziges Mäuslein erwischen!«

So sprach der Mäusehäuptling. Die Mäuse besorgten sich eine schöne Kette und eine Glocke, die man für eine Figur des sitzenden Buddha halten konnte, traten dann mit recht schmeichelhaften Reden vor den Asketen und hängten ihm die Kette mit der Glocke um.

Seit diesem Tag hatte der schnauzbärtige Lügenkater genügend Gelegenheit, die erste Lebensregel des Erleuchteten zu beherzigen – und diese Regel heißt: »Du sollst nicht töten!«

Platsch

~~~~~~

Sechs Hasen wohnten einmal an einem kleinen See inmitten eines Papayawaldes. Als die Früchte reiften, fiel eine Papayafrucht auch ins Wasser und machte »Platsch!«
Die Hasen, die dieses Geräusch noch nie gehört hatten, erschraken gewaltig und stoben auseinander.
Ein Fuchs sah sie davonlaufen und rief ihnen zu: »Was ist los? Warum lauft ihr denn so?«
»Der Platsch kommt«, keuchten die Hasen und rannten weiter. Kaum hatte der Fuchs dies vernommen, da nahm er einen Anlauf und sauste ebenfalls los.
Voller Neugier sah ein Affe von einem Baum aus den flüchtenden Fuchs und fragte: »Was hast du's denn so eilig, brennt's irgendwo?«
»Der Platsch kommt«, rief außer Atem der Fuchs, hielt aber in seinem Laufen gar nicht inne.
Der Affe besann sich nicht lange und jagte davon. Von Ast zu Ast sich schwingend, dann wieder auf dem Boden hüpfend, brach er durch das Gehölz, als wäre der Teufel hinter ihm her.
Die Nachricht verbreitete sich in Windeseile bei allen Tieren in Wald und Steppe. Einer hörte es vom anderen. Zuletzt schien alles auf der Flucht zu sein. Die Hirsche setzten in großen, weiten Sprüngen über alle Hindernisse, die Büffel stampften in großen Herden über die Ebenen. Mit gewaltigem Gestampfe donnerten Nashörner und Elefanten einher; Bären, Leoparden, Tiger und Löwen hetzten nebeneinander durch den Wald, und grunzend rannten die Schweine hinterdrein.

Jeder dachte nur an Flucht, alle machten sich gegenseitig angst, da einer den anderen jagen und rennen sah, als ging's ihm an den Kragen. Die flüchtenden Tiere kamen schließlich zu einem Berg, an dessen Fuß ein alter Löwe mit einer langen Mähne lag. Wie er die vielen Tiere alle so dahinjagen sah, rief er einem Löwen zu: »Warum so eilig, Bruder? Was rennst du denn, hast doch scharfe Zähne und mächtige Pranken!«

»Der Platsch kommt!« rief der Löwe und wollte weiter.

»Der Platsch? Wer ist das denn? Wo ist er?«

»Weiß ich auch nicht«, meinte der andere, der vor Schweiß triefte.

»Also langsam«, sagte der alte, erfahrene Löwe. »Dieser Sache müssen wir nachgehen. Woher hast du denn die Nachricht?«

»Der Tiger kam vorbei und hat es mir gesagt«, meinte der Löwe, der nun in seinem Lauf innegehalten hatte. In die große Reihe der flüchtenden Tiere war eine Stockung gekommen. Der alte Löwe benutzte die Gelegenheit, machte mit scharfem Auge den Tiger in dem allgemeinen Durcheinander ausfindig und fragte ihn, woher er denn von Platsch wisse.

»Ich hab es vom Leoparden«, sagte der Tiger. Der Leopard bekannte, daß er vom braunen Bären gewarnt worden war, und jener hatte die Nachricht von seinem Vetter, dem schwarzen Bären. Die Elefanten, die Nashörner, die Wasserbüffel und Hirsche wurden gefragt, zuletzt auch Fuchs und Schwein, aber niemand wußte Genaues über Platsch zu berichten. Der Fuchs wiederum meinte, er habe die Nachricht von den sechs Hasen am See vernommen.

Der Löwe mit der langen Mähne war alt und erfahren und fragte auch die sechs Hasen.

»Wir haben ihn gehört! Mit unseren eigenen Ohren haben wir den Platsch gehört«, sagten die Hasen und boten sich an, alle Tiere zu dem Ort zurückzuführen.

Die Hasen führten auf den Befehl des alten Löwen hin nun alle Tiere zu dem See im Papayawald.

»Hier haben wir ihn gehört«, sagten sie und schauten sich furchtsam um. In diesem Augenblick fiel eine Papayafrucht »Platsch!« vom Baum herab ins Wasser. Der alte Löwe sagte ruhig und mit Humor: »Eine Papayafrucht ist ins Wasser gefallen. Da hat es ›Platsch‹ gemacht. Wollt ihr nicht wieder davonlaufen?«

Da lachten die Tiere und atmeten erleichtert auf; den Hasen aber wurde in Zukunft nicht allzuviel mehr geglaubt.

Der Einsiedler und die Läuse

Es war einmal ein Einsiedler, der hatte sieben Läuse, mit denen er ein Abkommen getroffen hatte. In der Zeit nämlich, in der er meditierte, sollten ihn die Läuse niemals beißen. In der anderen Zeit durften sie ihn etwas zwicken, denn Läusen ist immer nach Beißen und Zwicken zumute. Die Läuse hielten getreulich ihr Versprechen, und der heilige Mann konnte in Ruhe meditieren.

Eines Tages kam eine Hundelaus zu ihnen auf Besuch und sah, daß es den sieben Läusen beim Einsiedler recht gutging, denn sie machten alle einen recht zufriedenen und glücklichen Eindruck. Der Hundelaus gefiel es daher sehr gut bei den Läusen des Einsiedlers, und sie fragte, ob sie bei ihnen bleiben könne. Den sieben Läusen war es recht, und so blieb die Hundelaus bei ihnen. Wohl hatten sie ihr von der Vereinbarung mit dem Einsiedler erzählt, aber die Hundelaus nahm dies auf die leichte Schulter und sagte eines Tages: »Das Übereinkommen habt *ihr* ja mit dem Einsiedler getroffen, aber ich bin daran ja nicht gebunden.«

Da sagten die Läuse zu ihrem Gast: »Wir wissen nicht, was geschieht, wenn du dich nicht an das hältst, was wir abgemacht haben. Sei also vorsichtig!«

»Ich habe gehört, dieser Einsiedler sei ein heiliger Mann, und von einem solchen hat niemand etwas zu befürchten«, antwortete die Hundelaus.

»Der Heilige hat aber bestimmt nicht ohne Grund die Abmachung mit uns getroffen«, sagten die Läuse, »denn nur deshalb leben wir hier ruhig und ungestört.«

Als der Einsiedler sich aber zur Meditation zurückzog und alles ganz still war, wurde es der Hundelaus zu langweilig und sie biß zu. Der Mönch fuhr aus seiner Meditation hoch und schlug mit der flachen Hand unwillkürlich zu. Die Hundelaus konnte zwar noch weglaufen, aber die sieben Läuse, die nicht gebissen hatten, wurden von dem Heiligen sofort eingesammelt und in den Wald geworfen.

Seit dieser Zeit gilt die Regel: Schau dir den gut an, den du in dein Haus aufnimmst.

Die vier Freunde

Vor langer Zeit lebten einmal im Wald ein Elefant, ein Affe, ein Kaninchen und ein Vogel einträchtig miteinander. Sie hatten Freundschaft geschlossen und lebten zufrieden von den Früchten und Blättern der Bäume.

Unter einem riesigen Baum hatten sie ihr Lager aufgeschlagen. Der Vogel, als der älteste unter ihnen, war von den anderen dreien als Anführer anerkannt worden, denn das Alter hatte unter ihnen stets den Vortritt.

Keiner hatte zwar den Tag und den Monat seiner Geburt nennen können, nicht einmal das Jahr, aber sie kannten ja alle den großen Baum und maßen an ihm ihr Alter. Der Elefant sagte, er habe den Baum schon gesehen, als dieser gerade so groß war wie er selbst.

»Ha«, rief der Affe, »ich kannte das Bäumchen schon, als es gerade so hoch war, daß es mir bis zu den Schultern reichte.«

»Das ist gar nichts«, rief das Kaninchen, »ich habe schon Tau von seinen Blättern geleckt, als es noch ein kleines Pflänzchen war!«

Da schaute der Vogel in die Runde und vermeldete, daß er schon seinen Kot auf jenes Samenkorn habe fallen lassen, aus dem der kleine Sprößling damals hervorkam.

Da sahen alle ein, daß der Vogel der älteste unter ihnen war und damit auch die meiste Erfahrung haben mußte. Alle drei hörten auf seine Ratschläge und gehorchten ihm. Der Vogel erließ folgende Gebote, an die sie sich alle halten wollten: nicht zu töten, nicht zu stehlen, nicht zu lügen, nichts Berauschendes zu trinken und auch den

Frauen nicht nachzulaufen. Getreulich hielten sie diese Gebote ein, waren glücklich und zufrieden und kamen daher mit den Bewohnern der umliegenden Dörfer recht gut aus.

Menschen und Tiere lebten in guter Freundschaft miteinander, die Tiere wurden nicht gejagt, und die Saaten der Menschen wurden weder zertrampelt noch aufgefressen.

Diese Eintracht sprach sich bald im ganzen Lande herum, so daß sogar der König davon vernahm. Mit seinem ganzen Hofstaat wollte er die vier Tiere selbst aufsuchen, um sie um einen guten Rat für seine Herrschaft zu bitten. Da traten weise Männer vor den König und sagten ihm, die vier Freunde lebten so versteckt im Wald, daß er sie wohl kaum je finden könne.

Die Gebote aber, an die sich die vier Freunde seit langem hielten, die könnten sie ihm aber durchaus benennen. Als der König diese Gebote vernommen hatte, machte er sie in seinem ganzen Land zum Gesetz.

Als die vier Freunde aber allmählich ihr irdisches Leben beendeten, wurden sie in einem anderen Leben wiedergeboren – und siehe: der Vogel kam als Buddha zur Welt und die drei anderen als Mönche, die dann bald seine gelehrigen Schüler wurden.

Der König und der Einsiedler

~~~~~~

Es war einmal ein König, der von vielen Schicksalsschlägen getroffen wurde und der sich seiner Herrschaft nicht mehr ganz sicher war.

Eines Tages machte er sich ganz allein und gut verkleidet auf den Weg, um im Wald einen alten Brahmanen aufzusuchen, der im Rufe der Heiligkeit stand. Von ihm wollte er Rat in seiner schwierigen Lage holen.

Der alte Mann sah den verkleideten Herrscher bedeutungsvoll an. »Ein schlechter Stern steht über dir«, sprach der Brahmane, als der König sich ihm offenbart hatte. »Was soll ich bloß tun?« sagte der König und bat den heiligen Mann inständig um Hilfe.

»Die Hilfe der Götter kann nur durch ein Opfer erlangt werden«, sprach der Brahmane, und er fügte hinzu, der schicksalsmächtige Stern verliere nur dann seine unheilvolle Wirkung, wenn der König alles selbst zubereite, was zu dem Opfer nötig sei.

»Zuerst mußt du eigenhändig einen Baum fällen und einen Stapel Feuerholz machen. Dann verschaffe dir eine gute Kuh, füttere sie ordentlich, melke sie und bereite aus ihrer Milch einen ordentlichen Klumpen Butter.«

Der König nickte und der Brahmane fuhr fort: »Das Feuerholz und die Butter bringe dann her zu mir, damit wir das Opferfeuer entfachen können.«

Der König dankte dem Einsiedler und eilte in die Stadt zurück. Mit einer großen Axt schlich er sich am nächsten Morgen als Holzfäller verkleidet in den Wald und fing sogleich an, einen großen starken Baum zu fällen.

Ungeschickt wie er war, hieb er sich bereits mit einem der ersten Axthiebe einen Finger ab, so daß es stark blutete und er heulend im Kreise sprang. Er hatte die Axt zu Boden geworfen und machte sich sofort auf zu der Einsiedelei, um dem Brahmanen sein Leid zu klagen, denn schließlich, so meinte er, sei der Unfall einzig und allein auf den Ratschlag des heiligen Mannes zurückzuführen. Als er dem Brahmanen dann seine blutende Hand vor das Gesicht hielt, und der Einsiedler bemerkte, daß ein Finger daran fehlte, lächelte er und meinte: »Es ist gut so, ein erster Schritt ist es immerhin«, aber er machte keine Anstalten, die Wunde zu verbinden.

Der König, der sich vor Schmerzen wand, fuhr zornig auf und rief: »Ich bin wohl einem Verrückten aufgesessen!« kehrte eilends in die Stadt zurück und ließ sich von den Hofärzten sogleich seine Wunde verbinden.

Voller Wut schickte er daraufhin seine Soldaten aus, die den alten Mann im Wald ergreifen sollten. Widerstandslos ließ sich der Brahmane abführen, sie nahmen ihn mit in die Palastanlagen des Königs und steckten ihn dort ins Gefängnis.

Die Gewitterwolken über dem Haupt des Königs aber hatten sich noch nicht verzogen, immer neue Sorgen kamen hinzu.

Da ging er allein hinaus in den Wald, um seinen Sorgen zu entfliehen und um ungestört über alles nachdenken zu können. In der gleichen Zeit aber hauste in diesem Wald eine gefürchtete Räuberbande, die den Gott der Diebe verehrte. Wenn diese Bande einen Überfall erfolgreich bestanden hatte, brachte sie ihrem Gott jedesmal ein besonderes Opfer dar, manchmal sogar ein Menschenopfer.

Gerade in dieser Zeit, als sich der König als einfacher Waldarbeiter verkleidet zum Nachdenken unter einen Baum gesetzt hatte, stieß jener Räuber auf ihn, der am Abend vorher fette Beute gemacht hatte. Er packte den still auf dem Boden sitzenden König beim Nacken und rief voller Freude aus: »Das ist das richtige Opfer, ein Mensch ohne Makel, anscheinend gesund und ohne Gebrechen.«

Und er begann, seinen Gott anzurufen und bat ihn, dieses Opfer von ihm als Dank für die Beute anzunehmen. Dabei prüfte er bereits die Schärfe seiner Dolchklinge.

Der Gott der Diebe aber sprach raunend: »Sieh dir diesen Menschen einmal genauer an!« Da erst besah sich der Räuber sein Opfer etwas genauer und gewahrte, daß ihm ein Finger an der linken Hand fehlte. Der Räuber wußte genau, daß die Götter nur ganz fehlerfreie Opfertiere und kerngesunde Menschen annehmen, und so ließ er enttäuscht von dem Alten ab.

Der König war gerettet, und er war wieder allein. Bald erkannte er, daß nur der fehlende Finger seine Rettung gewesen war, und er eilte in den Palast zurück.

Dort ließ er den Brahmanen aus dem Gefängnis holen, verneigte sich vor ihm und sagte kleinlaut: »Vergib mir, heiliger Mann, ich war zuerst wütend auf dich, aber jetzt erst verstehe ich deine Worte.«

»Es ist gut so«, sagte der Brahmane und lächelte.

Nachwort

Die reichhaltige Märchenwelt Tibets mit ihren Besonderheiten wird am besten dann verständlich, wenn man in Betracht zieht, daß die heutige chinesische Provinz Tibet nur den zentralen Teil des weit größeren tibetischen Kulturraumes darstellt, der auch Gebiete in Indien, Nepal, Bhutan, Sikkim und in fünf anderen chinesischen Provinzen umfaßt.

So gilt beispielsweise die Provinz Qinghai in China als die eigentliche Heimat der Tibeter überhaupt; stolz bezeichnen sich daher die dort lebenden Menschen als »Groß-Tibeter«, ihr Land wurde von den Chinesen bis 1928 auch stets mit dem tibetischen Namen »Amdo« bezeichnet.

Diese riesige räumliche Ausdehnung der tibetischen Hochkultur bringt es mit sich, daß in den Märchen aus dem »Land der Götter und Dämonen« nicht nur von den Menschen und Tieren der Hochgebirgsregionen erzählt wird, sondern auch von den Bewohnern feuchtheißer Dschungel, in denen der Tiger faucht.

Die ältesten Wurzeln des tibetischen Märchens reichen etwa zweitausend Jahre zurück und künden von der Lebenswirklichkeit und Weltdeutung der Menschen in einer Zeit, in der noch keine buddhistischen Missionare in den Himalaja gekommen waren.

Bereits in den ersten Jahrhunderten vor der Zeitenwende bildeten sich auf dem »Dach der Welt« erste lokale Fürstentümer, die dann allmählich zu einem einheitlichen Königreich zusammenwuchsen.

Eine Fülle von Mythen, Sagen, Legenden und Märchen

sind aus dieser Frühzeit Tibets erhalten und künden vom Kampf des Menschen mit der oft übermächtigen Natur, von Geisterglauben, Dämonenfurcht, Opferriten und schamanistischer Beschwörung der Götter.

In diesen Märchen ist noch die Rede von der göttlichen Erdmutter, von Berggöttern, drachengestaltigen Seekönigen und von einem Himmelsgott, dessen Wohlwollen man mit gedämpftem Kuchen erlangen kann. Diesen Kuchen hat allerdings die Krähe als Himmelsbote zu überbringen.

Neben der staatlichen Zentralgewalt und der gemeinsamen Sprache bildete die autochthone Naturreligion bis zum Eindringen des Buddhismus das wichtigste Band der Einigung zwischen den weitverstreuten tibetischen Stämmen.

Die früh schon einsetzende Spaltung der tibetischen Gesellschaft in stark voneinander geschiedene Gruppen gab dann den Märchenerzählern reichhaltige Impulse, sich mit den Gegensätzen von arm und reich, von Macht und Ohnmacht, Willkür und Gerechtigkeit und mit all jenen Antinomien zu befassen, die das ohnehin harte Leben der Tibeter prägten.

Bei aller oft recht drastischen Schwarzweißzeichnung seiner Figuren ist das tibetische Märchen jedoch stets dramatisch, recht lebendig, wird flüssig und anschaulich erzählt und ist oft auch sehr humorvoll.

Die vorbuddhistische Zeit in Tibet brachte eine große Zahl von Tiermärchen hervor, in denen es natürlich stets und ausschließlich um menschliche Dinge geht. In der Gestalt von Tieren werden die unterschiedlichsten Charaktere vorgeführt, agieren miteinander, spielen sich Streiche, liegen im Streit, lauern sich auf, lügen und betrügen einander – und vertragen sich auch wieder, jedoch nicht immer.

Die »Moral von der Geschicht« wird im tibetischen Märchen aber nie unverblümt (wie in der Fabel) aufgetischt, sondern stets in einer recht spannenden Geschichte verpackt.

Das Repertoire der tibetischen Tiergestalten im Märchen ist beachtlich, es reicht buchstäblich vom Elefanten bis zur Ameise.

Die im Tiermärchen vorgetragene Kritik an den bestehenden gesellschaftlichen Zuständen war stets unanfechtbar, da niemand mit Namen genannt, und die Anklage stets einem Tier in den Mund gelegt wurde.

Im 7. Jahrhundert n. Chr. drang der Buddhismus aus Indien in Tibet ein, drängte allmählich die einheimische Naturreligion zurück und vermischte sich mit vielen ihrer stark schamanistischen Formen. So entstand die bis heute vorherrschende Sonderform des tantrischen Buddhismus: der Lamaismus.

In den Märchen aus buddhistischer Zeit treten nun eindeutig indische Elemente und Vorstellungen zutage. Die Wiederverkörperungslehre spiegelt sich auch in den Märchen wider, und ein stark ethischer Zug wird nun in allen Texten bemerkbar. Dabei fällt auf, daß heuchlerische Frömmigkeit oft auf recht drastische Weise bloßgestellt wird.

Das Tiermärchen erhält durch den Buddhismus allerdings eine völlig neue Dimension. Nach buddhistischer Lehre kann der Mensch in einer oder mehreren seiner früheren Existenzen durchaus schon des öfteren als Tier auf Erden gelebt haben und in einer späteren Wiederverkörperung auch wieder in Tiergestalt erscheinen.

Nach einer in Ostasien allgemein anerkannten Tradition soll Buddha von sich selbst berichtet haben, daß er höchstpersönlich in vielfältigen Tierformen vor seiner menschlichen Geburt in Indien schon inkarniert gewesen sei, so habe er etwa als Pferd, als Hase, Pfau, Gazelle und Krähe schon früher im Gangestal gelebt und gewirkt.

Diese »Geburtsgeschichten« (Dschatakas) wurden von

Buddha stets als recht lebendige und oft spannende Erzählung vorgetragen, in der jedoch immer das Gute am Ende den Sieg davonträgt. In diesen Geschichten reden die Tiere ganz selbstverständlich in menschlicher Sprache miteinander.

In Europa laufen die »Dschatakas« daher seit längerem schon als buddhistische Tiermärchen um, werden jedoch von den gläubigen Buddhisten nicht als Fiktion, sondern als unantastbare Aussagen Buddhas angesehen und als heilige Texte in Ehren gehalten.

Da in allen »Dschatakas« Buddha selbst in einer tierischen Lebensform auftritt, haben die Missionare aus Indien diese Geschichten vornehmlich bei ihren Predigten in Tibet verwandt und allüberall bekanntgemacht. Diese Geschichten waren leicht zu begreifen, waren spannend erzählt, ihre Gestalten waren recht plastisch und luden zum Nacherzählen ein.

Das Tier wurde allgemein nun in Tibet mit anderen Augen angesehen, in eine mystische Dimension gehoben – und das Tiermärchen erlangte in den Himalajaländern dadurch eine völlig neue und vertiefte Bedeutung. Nach buddhistischer Lehre darf aus diesen Gründen auch kein Tier, auch nicht das kleinste, getötet werden.

Unzählige Märchen und Legenden Tibets sind noch nicht übersetzt, viele noch gar nicht aufgezeichnet. Mit den Märchen der Welt verbindet das tibetische Märchen die tiefe Sehnsucht nach Gerechtigkeit, nach Liebe und einem Leben in Würde und Harmonie.

Hilfe von höheren Mächten ist aber im tibetischen Märchen auch nur dann zu erwarten, wenn der »Märchenheld« sich ein reines, von Schuld freies Herz bewahrt hat.

Bremen, im Frühjahr 1997   *Josef Guter*